Charlotte Camp

HERRIN DER WELT

ROMAN

Buch12

Über das Buch:

Als Zeitreisende plante sie einen Trip in das Mittelalter, um das Schloss der ritterlichen Vorfahren zu erkunden. Doch durch einen Fehler des Zeitenlenkers, fand sie sich unvermittelt in vorchristlicher Zeit. Sie glaubte, schon alles erlebt, dass sie nichts mehr erschüttern und aus der Bahn werfen konnte. Doch was sie da erwartete, übertraf ihre kühnste Vorstellungskraft.

Zur Autorin

Nach einem turbulenten Leben,
in selbst gewählter Ruhe und Abgeschiedenheit,
in einem kleinen Harzdörfchen,
widmet sie sich nun ausschließlich ihrem Hobby,
dem Schreiben, fantastischer Abenteuer Romane.

Inhalt

13

Zur Einführung

Als Zeitreisende plante sie einen Blick in das Mittelalter, um das Schloss der ritterlichen Vorfahren zu erkunden.
Ein kleiner Trip nur, sollte es sein.
Alles begann mit einem Fehler des Zeitenlenkers, denn sie fand sich unvermittelt in der unglaublichen Tiefe vorchristlicher Zeit wieder.
Sie glaubte schon alles erlebt - dass sie nichts mehr erschüttern und aus der Bahn werfen konnte.
Doch was sie da erwartete, übertraf ihre kühnste Vorstellungskraft.

Schon nach dem ersten Schritt in die ferne Zeit, gerät Carla unversehens in die Schusslinie ihrer Doppelgängerin, die schon ewig in Hass und Neid gegen die vermeidliche Rivalin brennt.
Carla hat „Sie" gesehen, einen Moment nur, ihre Imitation, ihr zweites „Ich" von deren Existenz sie bisher nicht wusste.
„Sie", die sich als Herrin der Welt betrachtet und keine Rivalin duldet.
Die Möglichkeit, sich jemals zu begegnen stand Eins zu einer halben Million und doch war es geschehen.
Ehe sie die Ungeheuerlichkeit begreifen konnte, sieht sie voller Entsetzen eine Waffe auf sich gerichtet, hört das gefährliche Zischen, spürt den fürchterlichen Schmerz und haucht schon Sekunden später ihr Leben aus.

Ihr Liebster, der sich unverzüglich auf die Suche nach ihr begibt, gerät unweigerlich in die Fänge der betörenden Herrin dieses Tales.
Geblendet und verzaubert, ist er ihr augenblicklich verfallen. Wolfgang der Sohn, der nun wiederum den Vater vermisst, begibt sich nun seinerseits auf die Suche des Vaters.
Er findet ihn, doch in einem desolaten Zustand der Verblendung, der Welt entrückt…
Carla, seine verschwundene Stiefmutter jedoch, bleibt unauffindbar.
So glaubt er sie tot, von der Anderen, ihrem Double hin gemeuchelt.
Mit einem winzigen Hoffnungsfunken, begibt er sich auf die Suche nach ihr, in die ferne Zukunft und findet sie schließlich, allein herumirrend und verzweifelt, im Jahre 2050.
Als sie von der Untreue ihres Gatten erfährt, will sie ihn nur einmal noch sehen.
Es drängt sie, nun selbst den Ort aufzusuchen und ihm von Angesicht gegenüber zutreten.
Wolfgang ihr Ziehsohn begleitet seine heimliche Angebetete auf den gefährlichen Weg und betritt ein zweites Mal die alte Zeit, nicht ahnend sein Todesurteil damit herauszufordern.
Auch dieses Mal saust bei ihrem Eintritt in die Zeit, eine Lanze durch die Luft, wutschnaubend von der wahnsinnigen Herrscherin abgeschossen, die ihr Reich durch die vermeidliche Rivalin bedroht sieht.

Jedoch verfehlte sie Carla und trifft stattdessen den jungen Wolfgang, der sich schützend vor sie wirft. Doch schon holt sie zum erneuten Angriff aus, um ein weiteres tödliches Geschoss auf den Weg zu bringen.

Jonny, Carlas ergebener Diener, der ihnen heimlich gefolgt, rettet im letzten Moment ihr Leben, als plötzlich der Donnerschlag einer Gewehrsalve das Tal erschüttert und im gleichen Augenblick…   - Sie - die Herrscherin niederwirft, jedoch einen Moment zu spät.

Wolfgang lag getroffen am Boden, eine Lanze ragte aus seiner Brust, doch auch sie lag im Staube, von einer einzigen Salve, von Jonny abgeschossen - durchlöchert.

Carla aber lebte.

In einer fremden Welt, in der sie von dem unterdrückten, irregeführten Volk, als überirdisches göttliches Wesen gesehen und angebetet wurde.

War „SIE" nun die Herrin des Tales - oder gar der Welt?

Du

bist

ich

Alles war so anders, als sonst.

Ein laues Lüftchen wehte mir entgegen, die Vögel sangen wie sonst auch, als sich das Höhlentor vor mir öffnete.

Und dennoch erschien mir die Welt, die ich erblickte, eigenartig fremd. Dort wo sich sonst die Dörfer hintereinander reihten, gab es nur Urwald, aus dem einige primitiv, zusammengezimmerte Hütten, sich zwischen mächtigen Bäumen und Buschwerk versteckten.

Das war nicht die Zeit, in die zu gelangen ich wünschte.

Meine Augen suchten die nähere Umgebung nach vertrauten Gebäuden ab.

Auf einem Kahlschlag im Tal fesselte eine eindrucksvolle Erscheinung meinen Blick, mir stockte der Atem, denn da sah ich mich selber auf einem Felsen sitzend, das Gesicht der Sonne entgegengewandt, das schenkellange, leuchtend

7

blonde Haar, im Wind wehend.

Aber das war nicht möglich, was ich dort erblickte, war so unglaublich, das ich meinte zu träumen.

Die schönste Frau der Welt, schöner als ich, aber es war mein Ebenbild.

Sie ist ich, aber wie konnte das sein?

Wenn auch ich mich niemals so aufreizend den Blicken Fremder zeigte.

Fasziniert und verwirrt, trete ich aus der Höhle.

Wie aber konnten wir uns von Angesicht zu Angesicht begegnen, das ist doch gar nicht möglich. Wir könnten Zwillingsschwestern, beste Freundinnen sein, dachte ich beklommen.

Ich wollte ihr in Freundschaft begegnen, Eins mit ihr werden, denn sie war ja ich. Die Welt stand für einen Augenblick still, danach war nichts mehr wie früher.

Auch sie hatte mich unterdessen gesehen.

Ihre Augen weiteten sich ungläubig.

Irrer Hass blitzte in ihnen auf, aber warum?

Was tat sie da?

Ich sah sie spontan nach ihrer Waffe greifen.

Sie wird doch nicht...

Ich spürte unmittelbar einen wahnsinnigen Schmerz am Hals, meine Sinne schwanden, alles wurde schwarz, ich brach zusammen.

Jonny, der ihr heimlich gefolgt war, hatte alles mit angesehen, doch wagte er sich nicht aus seinem Versteck und eilte benommen von dem soeben erlebten, zurück in seine Zeit, um seinem Herrn von dieser unglaublichen Freveltat zu berichten.

Wenn er doch nur bald kommen möge.

Seine Ungeduld, steigerte sich mit jeder Stunde.

Doch es sollten noch Tage vergehen, bis Günter gutgelaunt im Hoftor erschien.

„Wo ist sie, meine Liebste?", fragte er sich in böser Vorahnung, als er das Haus leer vorfand.

„Ach Herr, ich habe sie nicht halten können, in ihrer ewigen Ungeduld, nun ist das Unglück geschehen!"

„Was ist geschehen, so rede Kerl!"

„Oh zürnt mir nicht, ich konnte es nicht verhindern, die andere Herrin hat ihr nach dem Leben getrachtet!"

„Welche Andere, wovon sprichst du?"

„Die zweite Herrin aeh, - ihr Ebenbild, aber sie ist nicht Sie".

Aufgewühlt, kaum, dass er seine Worte ordnen konnte, berichtete er von der göttlichen Frau, welche dem Anschein nach, die Gattin seines Herrn war, aber dennoch nicht ist.

Er forderte ihn auf, umgehend Rache zu üben, denn zu ungeheuerlich war, was er erlebt und mit eigenen Augen gesehen hatte. Es konnte nicht sein, was geschehen war.

„Ich habe sie klar gesehen, durch mein Fernglas habe ich den Abgrund in ihren Augen gesehen, sie hat den bösen Blick".

„Du bist einem Trugbild erlegen, einer Halluzination", entgegnete Günter gutmütig grinsend, als sie die Höhle erreichten.

„Nein gewiss nicht Herr, Sie hat die junge Herrin verwünscht und in Tiefschlaf versetzt, wir müssen sie erretten, wenn das noch möglich ist!"

„In welche verdammte Zeit habt ihr euch begeben?"

„Das weis ich nicht genau, es muss eine sehr frühe, weit zurückliegende Zeit sein, alles sieht noch ganz anders aus, unser Dorf existiert noch gar nicht!"

„Aber ihr müsst dem Robby, dem Zeitenlenker doch eine bestimmte Zeit genannt haben, in welcher er euch befördern sollte?"

„Die Herrin ist allein gegangen, ich bin ihr in einigem Abstand gefolgt, das Tor hatte sich noch nicht geschlossen, so fragt den Robby!"

„Oh je, - was habt ihr mir da nur eingebrockt", rügte er den Diener kopfschüttelnd und beschleunigte seinen Schritt.

„Du willst also damit andeuten, die schöne Göttin hat mit ihrem bösen Blicken meine Kleine verwünscht und in Tiefschlaf verzaubert?, ich fürchte du selbst hast von diesem Blick eine Paranoia zurückbehalten, du halluzinierst!" griff er die Befragung wieder auf.

Doch Jonny schwieg beleidigt.

„Nun gut, wie du willst, du wirst mir nur hinderlich sein in deinem Zauberwahn, ich werde allein in die alte Zeit gehen, mach derweil den jungen Wolfgang ausfindig, der kann mir sehr von Nutzen sein, ich werde mich indessen dort umsehen und wachsam sein und schauen, was zu machen ist!" befahl er, ehe er die Höhle verließ.

Robby, was hast du schon wieder für ein Wirrwarr verzapft, ich fürchte bei dir ist mehr als nur eine Schraube locker, nun bring mich in die Zeit, in die du meine Gattin befördert hast, falls du es noch weist!", brummte er ärgerlich.

Staunend trat er ins Freie.

„Mein Gott, wo bin ich hier nur hingeraten".

Nichts als ein wüster Urwald bot sich seinen Augen.

Doch dort bewegte sich etwas, eine Frau, bemerkte er im Näherkommen. Ist sie das, von der Jonny so ehrfurchtsvoll gesprochen hatte?

Die Zweitausgabe seiner Kleinen, aber warum hat sie sich so verändert, wie schön sie ist! Ihr Anblick warf ihn um, fesselte seinen Blick.

Er keuchte nach Luft, glaubte nicht recht zu sehen, war gefangen von ihrer Ausstrahlung.

„Komm nur, komm mein langersehnter Liebster, ich habe schon eine halbe Ewigkeit auf dich gewartet!", gurrte sie verführerisch und streckte wie hilfesuchend die Arme nach ihm aus.

Mehr bedurfte es nicht, um ihn in ihren Bann zu ziehen. Sie hängte sich in seinen Arm und zog ihn mit sich.

„Carla, endlich habe ich dich wieder!" stammelte er, benommen verhext, hatte nur noch Augen für sie.

Die Welt versank um ihn, als sie die Arme um ihn schloss und ihn auf ihr weiches Lager zog und ihm köstlichste Wonnen bereitete.

Wie durch einen Schleier, sah er am folgenden Tag, seinen Sohn Wolfgang im Türrahmen stehen.

Doch er empfand keine Freude bei seinem Anblick, eher fühlte er sich gestört. Widerwillig erhob er sich von seinem Liebeslager.

„Alles ist gut, hat seine Ordnung, ich habe sie wieder wie du siehst, du kannst also beruhigt wieder gehen, Junge!" fügte er ungehalten hinzu.

„Aber Vater, wie kannst du so verblendet sein, sie

ist es nicht, siehst du das denn nicht?"

„Ach, du bist nur eifersüchtig, missgönnst mir mein Glück, wie immer schon, der Neid ist es, der dich zu solch absurden Worten verleitet, du kannst nicht ertragen das immer ich es bin, der die schönste Frau auf Erden sein Eigen nennt!"

„Ja sie mag wohl schön sein, doch siehst du nicht ihre schwarz bemalten Augen, hast du nicht stets stark geschminkte Augen verabscheut?"

„Ach was kümmern mich schwarz bemalte Augen, sie nehmen nicht die Faszination ihrer göttlichen Erscheinung", winkte er ab.

„Ach, dir ist nicht zu helfen Alter!", bemerkte Wolfgang abfällig und betrachtete eingehend die neue Gespielin seines Vaters, als sie sich aufrichtete und zu sprechen begann.

„Du vergleichst mich mit Ihr, aber sie ist eine graue Maus neben mir, sie verbirgt ihr Reize, wie schade, sie könnte ebenso schön sein wie ich!"

„Bah, - man muss nicht alles, Allen zeigen wie du, so verliert sich das Geheimnisvolle und schwarz bemalte Augen reizen mich gewiss nicht, haben mich noch nie angemacht", beteuerte er und wandte sich zum Gehen.

„Du wirst schon zur Vernunft kommen Vater", fügte er hinzu und nahm sie näher in Augenschein, bevor er gehen würde.

„Aber Jungchen, seid ihr nicht empfänglich für weibliche Reize?", säuselte sie anzüglich und richtete sich ungeniert in ihrer Nacktheit auf. Günter lag auf verschränkten Armen und lauschte dem schlüpfrigen Wortgefecht.

So mögen sie sich beschnuppern, am Ende gehört sie ihm, wie immer würde der Junge letztlich den Kürzeren ziehen, dachte er schläfrig, begann sich bald zu langweilen und schloss die Augen.

Was kümmerte ihn die Anmache von Wolfgang und die verführerischen Säuseleien seiner sexy Bettgenossin, bei ihm lag sie und Wolfgang hatte wie immer das Nachsehen.

War es nun Carla oder nicht, egal, er war wohlig berauscht und ein wenig benommen.

Oh Mann, was war das für eine Nacht, so ausgelassen und unerschöpflich, ohne jedes Tabu. Er streckte sich erschöpft aus und versank alsbald in tiefen Schlaf.

„Du wohnst doch hier nicht alleine im Wald?", obwohl du wie eine Wilde ausschaust, Eva im Paradies, ha - ha, besitzt du auch Kleider und wo ist deine Familie, hat man dich ausgesetzt als Kind, weil man dich für eine Hexe hielt?"

„Deine Sprache passt nicht in diese vorsintflutliche Zeit!"

„Oh da muss ich dich enttäuschen, das entzieht

sich meiner Kenntnis, ich kann mich weder meiner Kindheit, noch an eine Mutter oder einen Vater erinnern, ich war plötzlich da, so als gäbe es mich schon ewig!"

„Wie soll ich das verstehen, willst du mir damit sagen, dass du ein Findelkind bist, - ein Niemand ohne Identität?"

„Ich habe geflunkert, denn meine Herkunft geniert mich ein wenig, es war alles ganz anders".

„Du erweckst nicht den Anschein, als wenn dich irgendetwas genieren könnte, also raus mit der Sprache, wer bist du wirklich und was hast du zu verbergen?"

„Ach, so viele Fragen auf einmal, ich habe tatsächlich hier das Licht der Welt erblickt, doch nicht auf einem weichen Lager, von einer Mutter empfangen, in heißer Liebe gezeugt und von fürsorglichen Eltern verhätschelt und aufgezogen".

„Oh nein, mein Erschaffer war Justin, ihr kennt ihn auch, denn er hat von euch erzählt, von einem großen Heiler und dessen Sohn und der wunderschönen Gattin, aus deren Genen er mich geschaffen hat".

„Was faselst du da, meinst du etwa den blonden Justin, den Schönling und Meister der Liebeskunst, wie er selbst sich rühmte?"

„Ja der Justin war es, aber er hat mich nicht in

Liebe gezeugt mit einem Weib, sondern in einem Reagenzglas, ich bin ein Wesen aus der Retorte!"

„Du machst wohl Witze, das kann ich nicht glauben", entgegnete Wolfgang bestürzt und betrachtete sie ungläubig.

„Du zweifelst meinen Worten?"

„Hm, - tja das alles ist zu ungeheuerlich, als es wahr sein könnte!"

„Das mag wohl sein, aber du wolltest es wissen, nun sollst du alles erfahren, hör gut zu".

„Also, als ich erschaffen war, also geschlüpft wie ein Küken, hat er mich ein Jahr, einer Amme übergeben, doch danach hat er mich selber aufgezogen, er allein".

„Doch er war nicht wie andere Väter, denn schon bald hatte er mich die Liebe gelehrt, hat mir alle Finessen beigebracht, so war er nicht nur mein väterlicher Schöpfer, sondern gleichermaßen mein Liebhaber!"

„Oh wir haben Tage und Nächte in den Kissen und im Heu verbracht, viele zig Tage voller Lust ausgekostet, das gefiel mir"...

„Schweig Weib, du beleidigst mein Empfinden, ich hätte mir denken können, dass solch ein teuflischer perverser Plan von dem kommen kann und darüber hinaus eine lebendige Liebesmaschine zu schaffen, um seinen Sexuellen Drang zu befriedigen!"

So hat er sich also seine Traumfrau, seine Circe selbst geschaffen, dachte er, angeekelt, wie krank muss man sein um auf solche Ideen zu kommen, oder genial.

Dumm nur, dass er sich sein williges Spielzeug hat wegnehmen lassen und obendrein noch mit seinem Leben bezahlt hat, denn es gibt keine Spuren von ihm, doch wenn ich es recht bedenke, so hat er doch sein williges Spielzeug, lange Zeit zu Genüge ausgekostet.

„Wie lange habt ihr es getrieben und wie konntest du das gutheißen, das ist verachtenswert und im höchsten Maße pervers, sich mit dem eigenen Vater zu vergnügen!"

„Wo ist er, was ist ihm zugestoßen?" keuchte er voller Abscheu.

„Ihr beleidigt mich, ich sollte euch köpfen lassen, ich brauche nur mit den Fingern zu schnippen, seht, dort lagert meine Armee, aber ich werde euch nicht töten lassen, wir werden Spaß haben ohne Ende, ihr werdet einer meiner bevorzugten Liebessklaven sein", säuselte sie und zog ihn auf das Lager.

„Ja du könntest mich vermutlich berauschen, in deinen Bann ziehen, auch ich möchte dich besitzen, beherrschen, in deinen Armen liegen, zwischen deinen Schenkeln versinken, doch es fehlt etwas an dir, das ist nicht alles, wenn du sonst nichts zu bieten hast!"

„Mich kannst du nicht verblenden, auf den ersten Blick erscheinst du lieblich, doch du könntest nie mehr als meine Geliebte sein, zu mehr genügst du nicht, - doch mir reicht das nicht", murmelte er. In einem Anflug von Trauer und Melancholie, pellte er sich aus ihren Armen.

„Aber Schätzchen, mehr ist es doch nicht was ich brauche", bekräftigte sie mit einem gekonnten Augenaufschlag.

„Genau das ist es, was ich meine", erwiderte er und wechselte das Thema, denn er ahnte, dass er bereits infiziert war.

„Weis mein Vater von deiner aeh, - merkwürdigen Herkunft?"

„Nein, wir hatten noch keine Zeit zum reden".

„So ist es wohl müßig dich zu fragen, wie alt du bist, ich meine wie lange es dich schon gibt, ich meine du müsstest doch irgendwann geboren sein, wann und wo?", sicher hast du nie Geburtstag gefeiert!"

„Einen Geburtstag habe ich nie gefeiert, aber ich besitze Unterlagen, nach denen ich schon 180 Jahre auf Erden weile!"

„Wow, wie hast du dich so Jung gehalten, wo ist

der wehrte Justin und was sagt er zu deinem Lotterleben?"

„Ach, der sagt gar nichts mehr!", entgegnete sie gelangweilt.

Denn er hatte längst genug von ihr, irgendwann begann er sich zu langweilen mit ihr, außerhalb ihres Liebesgemächer gab es nichts und es zog ihn in die ferne Zukunft zurück.

„Er wollte mich allein lassen, einfach fortgehen, doch das durfte nicht sein", schmollte sie kindlich.

„Doch er machte einen großen Fehler, als er mich ein misslungenes Experiment nannte, denn ich sollte wie ein jedes menschliche Wesen zu gegebener Zeit zu altern beginnen, er wollte nicht ewig mit der gleichen Frau… es gäbe nichts langweiligeres und Ermüdendes, als nur immer dieselbe Frau vö… waren seine letzten Worte, bevor ich außer mir vor Zorn und Abscheu zu dem Säbel griff und ihn kurzerhand"…

„Er wollte sich auf die Suche, nach der echten Carla begeben, in ihren Armen hatte er seinen Frieden und Seelenheil gefunden, ha,- nun haben sie Beide ihr Seelenheil bis in alle Ewigkeit!"

„Er wollte dich verlassen und du hast ihn längst beseitigt?"

„Oh nein, ihr täuscht euch, er ist nicht tot", stotterte sie und sah in eine andere Richtung, „ich habe ihn gütig am Leben, aber in Ketten legen lassen, nun ist er einer meiner bevorzugten Sexsklaven und bettelt darum, mich für eine Nacht über alle Maßen beglücken zu dürfen!"

„Nun ja, er macht seine Sache vortrefflich".

„Du lügst schon wieder, das glaube ich nicht, er muss doch mittlerweile uralt sein, ein Greis, wenn er nicht die Möglichkeit hat, sich zu verjüngen!"

„Nun, um ehrlich zu sein, habe ich ihn tatsächlich längst getötet, denn mich verlässt man nicht".

„Du bist ein liederliches Geschöpf, warum erzählst du mir von deinen intimsten Bettgeschichten?"

„Intime Bettgeschichten, welch ein abgedroschener Begriff, ich verstehe nicht recht, was ihr mit diesem Wort wohl meint?"

„Nun Intim kann bedeuten, das man mit seinem Schätzchen am liebsten zu zweit allein sein mag".

„Schätzchen", wiederholte sie, abfällig die Nase rümpfend, ich habe und brauche kein Schätzchen, ich genieße es am meisten mit drei meiner Sexslaven gleichzeitig das Lager zu teilen, nach allen Regeln der Kunst, wild und hart!"

„Auch ihr werdet mir noch in meinen Gemächern eine Kostprobe eurer Liebeskunst gewähren, fremder Mann aus der anderen Zeit".

„Ich dulde keine Abfuhr, denn bedenkt, dem Justin ist es schlecht bekommen mich abzuweisen, er

hatte mich über, war meiner überdrüssig, mich, -
die Herrin der Welt!"

„Na ja, er war dein Erschaffer, dein Herr".

„Was, - mein Herr soll er sein, weil er mich
geschaffen hat?"

„Es gibt keinen der mir Herr sein kann - Ich bin die
Herrin der Welt!"

„Du leidest unter Größenwahn, für mich bist du ein
Nichts, nicht mehr als ein durchtriebenes,
perverses Luder, oberflächlich und herzlos, ich
jedenfalls ziehe ein fühlendes, warmherziges
Wesen aus Fleisch und Blut vor!"

„Aber ich bin aus Fleisch und Blut", widersprach sie
hitzig, „fühlt mal hier, wie heiß und feucht ich bin".

„Ich will dich nicht, finde dich damit ab und solltest
du auf die Idee kommen, dein Heer auf mich zu
hetzen, so würde es dir nicht gut bekommen, denn
ich verfüge über eine viel wirksamere Waffe, als
alle deine Krieger zusammen, ich könnte euch alle
auf einen Schlag vernichten!", warnte er sie
eindrucksvoll.

Er hatte zwar nur den alten Colt dabei, aber selbst
der würde für ein furchtbares Chaos sorgen.

„Sag dem Alten alles was du mir gesagt hast, oder
besser nicht", murmelte er.

„So lebt denn wohl, vielleicht werde ich noch
einmal nach euch schauen", waren seine letzten

Worte, nach einem intensiven Blick auf den schlafenden Vater, bevor er sich mit langen Schritten entfernte.

Ein lautes Schnarchen und ihr perlendes Lachen, dass ihm wie Gift in die Glieder fuhr, begleitete ihn auf seinem Weg. Unbeachtet der kampfbereiten Soldaten, begab er sich auf den Weg zur Höhle, die ihn in seine Zeit befördern würde.

Vor der Höhle traf er auf den verstörten Jonny, der schon ungeduldig auf ihn wartete.

„Oh Jonny, du in deiner heilen Weltauffassung, kannst nicht nachempfinden was ich heute erlebt habe, hast du sie gesehen, diese Circe, stolz und selbstbewusst, im Glauben, die Herrin der Welt zu sein!"

„Ja junger Herr, ich habe genug gesehen durch mein Fernglas, ich weis mehr als ihr glaubt, sie ist sehr gefährlich".

„Ja sie kennt keine Skrupel, denn sie ist ohne Erziehung aufgewachsen, sie hat nie die umsorgende, schützende Hand einer liebenden Mutter, noch die eines mahnenden, respektablen Vaters, welcher sie in die Schranken wies, erfahren.

Ist nicht von den Regeln, dem Geben und Nehmen und dem Schutze der Großfamilie geprägt, wie unsere Carla, sondern nur dem Einfluss des berechnenden Justin, der sie für seine sündigen Zwecke geschaffen hat".

„Sie ist egoistisch und selbstverliebt, als wäre sie die alleinige Herrscherin über Gedeih und Verderb".

„Ihr gehören kräftig die Leviten gelesen, doch alle buckeln vor ihr!"

„Was gibt ihr die Macht über Leben und Tod zu bestimmen, ist sie doch nur ein künstliches Geschöpf, ein Wesen kaum mehr als ein Roboter und dennoch ist sie von betörendem Reiz".

„Gleichwohl hat sie nie eine andere Zeit betreten - noch gesehen, weis nichts von Ihr- bis zu dem verhängnisvollen Tag, als das furchtbare, unbegreifliche geschah!"

„Damals wollte sie wohl die verbotene Höhle aus purer Neugier näher betrachten, denke ich, vermutlich wäre sie, statt unserer Carla umgekommen in der falschen Zeit!"

„Aber wo ist unsere Carla?, es muss doch sterbliche Überreste geben von ihr?" warf Jonny ein.

„Ich kann mich des Gedankens nicht erwehren aeh, - sollte meine Angebetete womöglich in den Leib dieser Person übergegangen sein und in ihr weiterleben, sie gleicht ihr so sehr!"

„Das bezaubernde Lächeln, die atemberaubende

Figur, selbst die krausen Locken an der Schläfe und Stirn und das unverkennbare Muttermal an ihrem rechten Schenkel, alles ist verwirrend identisch!"

„Unsinn, was ihr euch da zusammenreimt, junger Herr, ich habe Beide zur gleichen Zeit gesehen, die eine war lieblich und die andere hatte den bösen Blick, sie hat sie verhext.

Unsere Carla, muss geborgen und feierlich beigesetzt werden, warum sorgt der Herr nicht dafür?"

„Ach der ist verblendet von dieser Circe, der ist nicht mehr zurechnungsfähig, hat offenbar den Verstand verloren, obwohl oder gerade weil sie in ihrer Art so anders ist, als unsere verschollene Carla", sinnierte Wolfgang und sprach weiter, mehr zu sich selbst.

„Sie ist ja auch unglaublich faszinierend, doch ihr mangelt es an Zurückhaltung und einem Schuss Koketterie, doch viel mehr vermisse ich an ihr das rätselhafte Unergründliche, um nicht zu sagen, die Unerreichbarkeit, das Anbetungswürdige, das ewig verlockende Weibliche, obwohl sie köstliche Stunden im Bett verheißt!"

„Jedoch ohne diesen besonderen Reiz, hätte ich sie schnell bis zum Überdruss, ausgekostet und wäre Ihrer bald leid".

„Ich fürchte ihr seid ihr auch schon verfallen junger

Herr!"

„Ach Gott ja das ist nicht schwer, aber ich habe mich rechtzeitig von ihr zurückgezogen".

„Seht, dort steht sie und schaut zu uns hinauf wie die Sünde selbst, kommt Herr, lasst uns schleunigst verschwinden, ehe sie uns beide verblendet!"
Sie betraten die Höhle und bestimmten die Zeit, die altvertraute Umgebung umgab sie wieder.
Doch Wolfgang hing weiter seinen wehmütigen Gedanken, etwas Unwiederbringliches verloren zu haben, noch immer aufgeputscht von Adrenalin.
Unsere süße, stolze Carla sollte es nicht mehr geben, auch wenn ich sie oft jahrelang nicht gesehen, so geisterte sie stets in seinem Kopf herum, war ständig existent.
Ewig bin ich dem Traum nachgeeilt, sie möge sich eines Tages für mich entscheiden, habe immer gehofft und war immer bereit für sie, nun muss ich den Wunschtraum endgültig begraben, wie traurig, melancholische Vergängnis, nie mehr hoffen zu können.
War sie auch die Frau meines Vaters, sinnierte er weiter, so hätte ich doch niemals gezögert, wenn sie mich nur haben wollte, nur ein kleines Zeichen von ihr und… Sie aber hat immer nur ihn geliebt.
Viele, - ach so viele Jahre war ich nur Zuschauer ihres Glückes, nun ist seine Glückssträhne zu Ende,

sollte man meinen, aber er checkt es nicht, denn schon steht wieder Ersatz für ihn bereit.

„Nun wäre meine Chance gekommen, doch jetzt ist es zu spät", murmelte er verbittert.

Mein Gott, wie ich diese Frau geliebt habe, alles hätte ich für sie gegeben, doch es hat nicht sollen sein

„Wir müssen uns abfinden Jonny, in einem Haus ohne das Wirken einer liebevollen Frau, ohne Licht und Leben, - seelenlos, - verweist!"

„Oh mein Liebchen fühlt sich vernachlässigt, bleib noch, komm in meine Arme und erzähl, wie du in diese Zeit gelangt bist, meine Süße", waren seine ersten Worte, als Günter im Morgengrauen erwachte.

„Bist du nun meine Liebste oder nicht?"

„Ja und Nein, ihr seid mein Schicksal, aber wir haben nicht zueinander finden können und dennoch waren wir mit einander verbunden die vielen Jahre, wir beide sollten vereint sein".

„Ich habe euch so lange schon begehrt, wusste ich euch auch fern von mir!"

„Oh ich weis von euch, kenne euch schon mein ganzes Leben, die Höhle ist es, die uns verbindet und gleichzeitig getrennt hat".

„Oh mein armer Liebling, nun sind wir endlich wieder zusammen", raunte Günter gutgläubig, obgleich er nicht alles verstand, was sie sagte und zog sie genüsslich in seine Arme.

Doch sie sprach weiter, musste alles loswerden.

„Ich ertrage schon so lange das Wissen von einer bedrohlichen Konkurrentin, hege so lange schon Mordgedanken, plane ihre Vernichtung, doch ich konnte sie nicht erreichen in der alten Welt".

„Denn sag doch selber, sie darf es niemals geben neben mir, was soll mir ein zweites „ich" wozu

27

brauchen wir eine doppelte Ausgabe von mir?"
„Seit ich sie vor nunmehr 150 Jahren das erste Mal
gesehen habe damals, als Justin mich ein einziges
Mal in die ferne Zeit mitgenommen hat, durch die
grauenvolle Höhle, die mir entsetzliche Furcht
eingeflößt, habe ich sie verflucht und bin von dem
unbändigen Hass und dem drängenden Wunsch,
sie zu vernichten, besessen!"
„Wie viele böse Kobolde und Unholde habe ich
schon nach ihr ausgesendet, sie zu beseitigen,
doch keiner hat ihr je ein Leid angetan, außer sie
zu verwünschen".
„Nun lange genug, habe ich es ja geschafft, sie in
die Irre zu leiten, oh ich habe mehr Macht, als ihr
glaubt, denn wisset, nur durch meinen Willen war
sie so lange von euch getrennt!"
„Ich verstehe nicht, was du mir zu sagen versuchst,
du bist verwirrt, weist nicht was du redest, nun
sind wir wieder vereint, es gibt keine Konkurrentin,
die du beseitigen musst, alles ist gut!"
„Ja alles ist nun gut", säuselte sie und begann mit
geübter Hand die Wanderung über seinen Körper.
Das süße prickeln der Lust pulsierte durch seine
Glieder, ließ ihn alles um sie herum vergessen.
Bald schon ist er ihr hoffnungslos verfallen, er
versucht gar nicht dagegen anzukämpfen,
verbringt Nächte und Tage im Rausch, aus dem er

sich nicht zu befreien vermag.

Er wandelte wie auf Wolken, bemerkt nicht, das sie ihn unter Drogen setzt, ihn mit einem wohldosierten Trank benebelt, täglich aufs Neue. Erlebt nur dem Hier und Jetzt, vergisst alles was war, glaubt an die große Liebe. Er verdöst den Tag, die Stunden die sie abwesend ist, während sie es mit anderen treibt, er ahnt nicht von der Unersättlichkeit, ihre Nymphomanie. Er ist happy, wie in einem Traum, aus dem zu erwachen sie es nicht zulässt. So verdämmerte er die meiste Zeit.

Wochen und Monate vergehen. Er ist gefangen zwischen ihren Schenkeln, ein willenloses Individuum. In seinem Rucksack, den er wohlweislich gut verborgen hält, befinden sich noch allerlei nützliche Wunderdinge, sein Colt, Kugelschreiber, Notizblock, Taschenlampe und diverse leere Plastikflaschen, welche er einst vorhatte, in der neuen Zeit zu entsorgen. So unter anderem, auch ein Feuerzeug, das ihm gute Dienste leistete, denn keiner konnte so schnell ein Feuer entfachen wie er. Doch fiel es ihm nicht ein, mit dem Zünden des praktischen Wunderwerkes anzugeben, niemand hat ihn je eine Flamme entzünden sehen.

Seine Hand galt bald als gesegnet und heilsam, nachdem er etliche Kranke durch scheinbares Handauflegen, in Wahrheit jedoch, durch kluges taktieren und sein altes Wissen, geheilt hatte. Aus Nachlässigkeit und Trägheit, ließ er seinem Bartwuchs freien Lauf. Schlohweiß wie seine Schläfen, bedeckte er inzwischen, seinen Hals und strömte bald bis auf die Brust, welches das Erscheinungsbild eines Gelehrten vervollständigte. Was ihn nicht weiter kümmerte, für ihn zählten einzig die Stunden der Lust, die sie ihm auf dem Strohsack bereitete.

Doch bald er sich zu langweilen.

In seinen wachen Momenten trieb es ihn, sich unter die Dorfbevölkerung zu mischen.

Er sah das Elend, die armseligen Hütten, die vielen Gebrechlichen, mit Krankheiten, die zu heilen auch ohne moderne Medikamente, ihm ein Bedürfnis waren.

Trotz des faltenlosen Gesichts, des 58-jährigen war er dennoch bald der weise Alte und hoch Angesehen.

Der wahre Weise erlosch allmählich in den Köpfen der Leute und verblich zur Legende.

Er wusste von vielen heilsamen Kräutern, welche zu finden ihm keine Mühe bereitete, wuchsen sie doch üppig vor der Haustür und in der näheren Umgebung. Unglaublich diese Vielfalt noch anzutreffen, er brauchte sich nur danach zu bücken.

Es war ein leichtes sie in Alkohol anzusetzen, in Flaschen zu füllen und sie gewissenhaft zu beschriften.

Wenn doch nur dieser ewige Taumel und die Benommenheit nicht wäre, die ihn immer wieder in seiner Arbeit innehalten ließ.

Sollte er selbst ernsthaft krank sein, ein Hirntumor etwa oder gar Altersdemenz?

Er tupfte sich den Schweiß von der Stirn. Keine Schwäche zeigen, alter Knabe, jetzt nicht, wenn alle zu ihm aufschauten!

So desinfizierte er schwelende Wunden mit Alkohol, erschöpfte sich bei Gebärenden, besänftigte Kinder und Greise mit seinen Tinkturen mit Handauflegen und erbauendem Zuspruch.

Seine freundliche Art, selbst wenn er stets zerstreut und verschlafen wirkte, gelangte ihn zu großer Beliebtheit, unter allen Ständen der Bevölkerung.

Bald suchte man ihn in seiner Hütte auf, um Heilung zu erfahren.

Bisweilen nickte er nach anstrengenden Behandlungen ein und verfiel in erschöpften Schlummer, was man als Zeichen seiner übermächtigen Gabe sah.

Der große Geist der ihm Innewohnte, hatte ihn vorrübergehend verlassen, um sich neu aufzubauen und zu stärken.

So ließen sie ihn dösen und versuchten später ihr Glück.

Doch meistens fand man ihn im Dämmerzustand vor.

Ein Hauch von Nostalgie und Schwermut, eine Spur der Vergängnis, schwebte gleich Nebelschwaden über den Relikten der Vergangenheit in der Tiefe der Zeit versunken.

Wir fühlten uns wie die ersten Kolonisten, die ein neues Land besiedeln wollten und später als Missionare besserwisserisch einwirkend, unser Wissen und unsere Meinung kundtun.

Aber – nein, das war nicht unsere Absicht, das wollten wir uns nicht aufbürden.

Doch sollten wir alles auf Gedeih und Verderb, sich alles selbst überlassen?

Dieses Land jedoch ist bereits besiedelt, wenn es auch im Moment keine Spur von Leben gab, so würden die Ratten bald wieder aus ihren Löchern hervorkrochen kommen, die totgeglaubten, um ihre Arbeit zu tun.

Haben sich nicht fleißige, unermüdliche Hände gefunden, um das Schloss noch viel schöner und prächtiger, als zuvor wiederaufzubauen.

Alles wird seinen Lauf nehmen, auch ohne uns.

Wir haben uns geschworen, niemals mehr in die Vergangenheit einzuwirken, so auch diesmal nicht.

„Ich lebe, - mich gibt es, wie du siehst, mein Herzchen, in Fleisch und Blut stehe ich vor dir!",
unterstrich Günter augenzwinkernd.

„Ja mein Liebster, du bist mir erhalten geblieben, stehst an meiner Seite, ich habe dich behalten, nichts kann uns mehr trennen, deine Vorfahren sind also nicht gänzlich umgekommen, sonst gäbe es dich ja nicht".

„Alles andere ist unwichtig, so lass uns die Zelte abbrechen und heimkehren", fügte ich eindringlich hinzu.

„Ja das werden wir", bestätigte er, „kehr du mit Jonny heim, ich werde euch alsbald folgen, doch zunächst will ich einen Zug durch das Gelände machen, vielleicht zeigt sich mir ein menschliches Wesen.

„Meine Neugierde zwingt mich, die Gegend, welche ja meine Heimat ist, die Stätte meiner Vorfahren zu durchstöbern".

„Ich fühle mich wie ein übermütiger Schulbub, der auf Entdeckungsreise geht, um neue Abenteuer zu bestehen!", bemerkte er grinsend, „habt Verständnis für meine kindliche Wissbegier".

„Oh, - aber das ist nicht ungefährlich Liebster, du könntest dem heimtückischen Schultheiß in die Fänge geraten, du weißt nicht wozu der fähig ist", warf ich ein, „zudem ist in dieser Zeit, Giesbert mein rechtmäßiger Ehemann, sollte er noch am Leben sein, so wird er alles daransetzen, dich zu töten", gab ich zu bedenken.

„Wie kann er überlebt haben, angesichts der Verwüstung"
Das stolze Schloss samt Zugbrücke und dem unüberwindlich hohen Palisadenzaun. Eine uneinnehmbare Festung, völlig vernichtet, durch einen tobenden Wahnsinnigen im blindwütigen Irrsinn, dessen einziger Auslöser nichts anderes, als ein liebreizendes, doch überdrüssiges Weib gewesen sein soll.
So würde es später in den alten Legenden überliefert werden, später - viel später.
Doch noch war es brutale Gegenwart und diese besagte Frau, war ich.
Wie sollte ich mit dieser Schuld leben?, dachte ich beklommen.
„Das muss eine wahnsinnige Feuersbrunst gewesen sein, welche das Schloss, die angrenzende, prächtige Kirche und das nahe Dorf vollständig vernichtet hat, wenn er der irre Brandstifter war, lag ihm gewiss nichts mehr am Leben!"
„Du meinst er ist in den Flammen umgekommen?"
„Ja, mit Sicherheit geht von dem keine Gefahr mehr aus!"
„Sorg dich nicht Liebes, ich bin gut bewaffnet, mir wird schon nichts geschehen", zerstreute er meine Bedenken.

„Begleite meinen kostbaren Schatz sicher nach Hause Jonny", sagte er zum Abschied, als ich mich mit einem unguten Gefühl auf den Weg begab.
Ja, ich hatte volles Verständnis für seinen Wunsch, die Stätte seiner Vorfahren erkunden zu wollen.
Sicher war meine Sorge übertrieben und unbegründet, dachte ich, als wir uns mit einem letzten Blick zurück auf den einsamen Mann zwischen den Ruinen stehend abwandten, bevor wir uns zögernd entfernten, von einem dumpfen Gefühl begleitet.
Doch er war Manns genug, wusste was er tat, was sollte ihm schon passieren? Dachte ich und konnte doch nicht ahnen, was das Schicksal mit uns vorhatte.
Unser Heim nahm mich wieder auf, jetzt konnte ich alles tun was mir beliebte, doch ich fühlte mich nicht wohl allein im Haus, mein Liebster fehlte mir sehr.
Wolfgang war auf einem Weiterbildungskurs in Leipzig, so blieb mir viel Zeit zum Grübeln.
Über das ungeborene Leben, welches ich unter dem Herzen trug, hatten wir verbissen geschwiegen, mir war es noch nicht gelungen, Günter davon zu überzeugen, das nur er der Vater sein konnte.
Seit er die ungeheuerliche Vermutung

ausgesprochen hatte, ich könnte gar seine Urahne sein und ich darauf mit Entsetzen reagierte, mieden wir das heikle Thema.

Wie auch immer, wäre dieses Kind von seinem Blut, es würde von allen geliebt.

Noch behindert es mich nicht bei meinen Aktivitäten, beim Laufen, Reiten, war noch kaum für fremde Augen sichtbar.

Nur ich hatte in stummer Zwiesprache Verbindung mit ihm aufgenommen und empfand es als göttliche Gabe, da ich mit einer so späten Mutterschaft nicht mehr gerechnet hatte und zunächst bestürzt war. Doch konnte ich mir mittlerweile nichts Schöneres vorstellen, als dieses kleine Wesen liebevoll aufzuziehen.

Doch nicht alleine.

Meine Unruhe wuchs. Ich sollte die Zeit des Wartens besser nutzen und einen Abstecher in die Vergangenheit unternehmen.

Meine Neugierde trieb mich in die Zeit danach, ein paar Jahre später.

Ich wollte in Sicherheit der nahen Höhle, vom Berge aus ins Land blicken, so würde ich sehen, was sich indessen verändert hatte. Standen noch immer die schwarzen Ruinen, oder erhob sich ein prächtiges Schloss an deren Stelle in die Höhe?

Ich brauchte nur den Berg erklimmen und die

Höhle, den Zeitkanal betreten, um mich in die gewünschte Zeit zu beamen.

Meine Ungeduld wuchs. Ich steckte das Fernglas ein und eilte über den Hof, doch ich wurde von Jonny, unseren umsichtigen Diener aufgehalten.

„Ich habe Order die Frau Gräfin, keinen Schritt alleine gehen zu lassen", bekräftigte er entschlossen und stellte sich mir in den Weg.

„Aber Jonny und wenn ich nur einen kleinen Spaziergang machen will?"

„Frau Gräfin neigt zu unüberlegten Dummheiten, hat der Herr mich gewarnt, ihr habt das Fernglas dabei, wie ich befürchte, wollt ihr auf den Berg, ihr wollt doch nicht etwa in die alte Zeit zurück?"

„Ach – ja – es ist tatsächlich mein Wunsch, einen Schritt in das Jahr 1390 zu gehen, aber nur um in die Ferne zu schauen, so lass mich doch gehen, du kannst mir ja folgen, wenn es dich beruhigt!"

„Aber was wollt ihr in so lange vergangener Zeit sehen – ich begreife nicht"… stammelte er verständnislos.

„Meine Güte, ich brauche kein Kindermädchen", brauste ich ungeduldig auf und drängte mich an ihm vorbei.

Was muss er aus dieser Lappalie einen solchen Staatsakt machen, dachte ich, als ich den Hang erklomm, die Höhle betrat und mich im guten

Glauben, in das Jahr 1390 befördern ließ.
Doch Robby hatte mich wohl falsch verstanden,
denn ich merkte sofort, dass es nicht die richtige
Zeit war, in die ich trat, sondern mindestens - 3000
Jahre früher, was ich allerdings zu diesem
Zeitpunkt nicht wusste.

Mit dem ersten Schritt aus der Höhle jedoch, war
es bereits zur Umkehr zu spät.

Wolfgang, der sich nach seiner Reise schon, auf gesellige Tage, anregende Gespräche und muntere Abende freute, fand das Haus verlassen vor.
Enttäuscht suchte er Jonny in seiner Hütte auf, um zu erfahren, was es mit dem leeren Haus auf sich hatte.
Was er dann erfuhr, ließ ihm den Atem stocken und umgehend den Zeitkanal aufsuchen.
Was er dort vorfand, übertraf all seine wüsten Vorstellungen, so das er angeekelt noch am gleichen Tag den Ort der Verderbnis wieder verließ und sich in seine vernachlässigte Arbeit stürzte.
Er musste nicht nur seinen Dienst, sondern auch den des Vaters versehen, was ihn bis zur totalen Erschöpfung auslaugte. In seiner knapp bemessenen Freizeit, suchte er alte Freunde auf und fuhr ins Schloss seiner Verwandten, doch was immer er auch zu seiner Zerstreuung unternahm, ließ ihn nicht zur Ruhe kommen.
Die Zeit verging, doch nichts änderte sich, so konnte es nicht weitergehen.
Monate waren ins Lang gezogen, doch der Vater kam nicht, er musste etwas unternehmen.
So machte er sich ein zweites Mal auf den Weg in

die alte Zeit.

Hatte er geglaubt, den Vater bei Vernunft anzutreffen und ihn mit überlegten Argumenten überzeugen zu können, so sah er sich getäuscht.

„Vater um Himmelswillen, was treibst du hier noch, weist du wie lange du hier schon herum sumpfst, benebelt, wie ein Penner, ja hast du nun völlig den Verstand verloren!"

„Was nimmst du ein, womit hast du dich vollgestopft, hast du deine ehrenvolle Aufgabe vergessen, oh Mann, wach endlich auf Vater, das hier ist nicht deine Welt, du musst zurückkommen, mit mir ins wahre Leben!"

„Zieh dich an, pfui Deibel, wie du hier haust, wie kann man nur so tief sinken!"

„Na - na, nun übertreib nicht so maßlos Bengel, ich habe alles was ich brauche, eine eigene Hütte,

Ziegen, Hühner und Wildkaninchen, komm, schau dir alles an, darf ich dir meine Sommerresidenz zeigen?"

Wie er schmunzelnd seine primitiv, zurechtgezimmerte Holzbude, die nicht einmal Fensterscheiben besaß nannte, welche ungehindert die Sonnenstrahlen, hineinfluten ließen. Er scheuchte die Hühnerschar auseinander, die ärgerlich gackernd aufflog.

„Hier lebe ich lieber, als in dem großen düsteren Bunker, welche sie den Palast benennt", äußerte er lallend.

„Und damit gibst du dich zufrieden?" Wolfgang packte den Vater bei den Schultern und schüttelte ihn.

„Wo ist die Circe, hat sie schon genug von dir?" fragte er spöttisch.

„Rede nicht so mit mir Junge, du weißt ja nichts von wahrer Liebe!" brauste er auf.

„Bah,- Liebe nennst du das, glaubst du wirklich die ist zu echter Liebe fähig?, dieses nachgemachte Vamp, sie ist nicht die richtige Carla, deine Carla wartet irgendwo in der Zukunft auf dich, du musst sie suchen gehen, oder hast du sie schon längst vergessen?"

„Was redest du für einen Unsinn, sie ist hier, sie hat eine Armee zu befehligen, komm Junge, sei mein Gast, ich freue mich dich zu sehen, hier trink einen Becher des köstlichen Göttertrankes!"

„Oh nein, das werde ich gewiss nicht tun, am Ende bin ich dann ebenso berauscht wie du", wehrte Wolfgang ab.

„Wenn es ein Rausch ist, in dem ich schwebe, so ist es doch angenehm, er befreit mich aller Sorgen, verleiht mir Flügel, ich schwebe im Paradies!"

„Genug jetzt der Schwafelei, Alter, du glaubst tatsächlich was du sagst, du musst nüchtern werden".

Er bückte sich unvermittelt, griff nach einem Wasserkübel und schüttete den Inhalt auf den verdatterten Vater.

Der prustete und schüttete sich schnaubend.

„Was erlaubst du dir du Satansbraten, ich sollte dich verprügeln", knurrte er böse, erhob sich taumelnd und klatschte in die Hände, worauf drei halbnackte Sklaven, wie aus dem Nichts auftauchten.

„Bringt mir einen neuen Krug des edlen Gesöffs und schickt die Frau, wir haben einen Gast!", befahl er.

Sie verneigten sich ehrerbietig, wobei einer der Männer vortrat und mit einem versteckten Grinsen hervorbrachte: „Die Herrin ist beschäftigt, ich darf sie nicht stören, Herr!"

„Bla – bla, womit ist sie denn beschäftigt, das sie nicht unseren Gast begrüßen kann", fort mit euch ihr Lumpenpack, zeigt mir wo sie ist, ich selbst werde sie holen!" herrschte er die Sklaven an.

„Oh - nein Herr, sie wird uns auspeitschen lassen, wenn wir sie"…

„Sagt mir auf der Stelle was sie treibt und wo sie ist, oder ihr werdet von mir die Peitsche zu spüren bekommen!" brüllte er wutschnaubend.

„Wir sind des Teufels, wenn wir… oh Herr- habt Erbarmen mit uns", stammelten sie unterwürfig und beugten sich, die Peitsche erwartend.

„Was ist das für ein Lärm", erklang eine betörende Stimme, aus den Büschen sich lösend.

Wolfgang hielt ungläubig die Luft an und starrte entzückt der Person entgegen. Obwohl er sie schon gesehen hatte, war er wie geblendet von ihrem Anblick.

Das Bild, das er von ihr in Erinnerung hat, war mit dem der echten Carla verschmolzen.

Die schönste Frau, die er jemals geschaut.

Doch im Näherkommen, registrierte er die schwarz umrandeten Augen, die das Bild des Unwirklichen noch verstärkten.

Der blutrot geschminkten Mund und das platinblonde Haar, welches sie in losen Wellen umhüllte und ihr beinahe bis auf die Schenkel reichte, verhüllte weniger, als es zeigte.

Denn darunter trug sie nur einen knappen Tanga.

Dieses überirdische schamlose Wesen glaubt allen Ernstes, unsere Carla zu sein, doch diese Frau war nicht Carla, sie war einzig dazu ausgerüstet, die Männer zu verführen, war wie ein Traum, nicht wirklich.

Sieht der Alte den Unterschied denn nicht?

Unsere Carla ist sanft, ein wenig scheu und zurückhaltend, nicht so herausfordernd aufdringlich und oberflächlich.

„Oh – bei allen Göttern, der stattliche Herr Sohn in Fleisch und Blut, ich bin entzückt von so viel Männlichkeit, kommt schöner Jüngling, der endlich seinen Weg zu uns gefunden hat!"

„Kommt, lasst euch umarmen", flötete sie leidenschaftlich, mit einem aufreizend, betörenden

Lächeln, das ihn beinahe umwarf und ein Prickeln, das direkt in die Lenden zog, doch ohne Wärme und sein Herz nicht berührte.

Sie kommt geradewegs von einem Liebhaber, erhitzt und gesättigt, ich kann es förmlich riechen, dachte er, während ihre warmen Arme, ihn umschlossen und ihr Busen sich an ihn presste. Verwirrt löste er ihre Arme und trat einen Schritt zurück.

Sie würdigte den Vater keines Blickes, hatte nur Augen für ihn. Doch sie wird mich nicht becircen, er würde ihrem Bann nicht erliegen, er war noch klar im Kopf.

Nie würde die echte Carla sich so aufreizend präsentieren, dachte er nüchtern und verspürte zum ersten Mal Mitleid, für seinen verblendeten Erzeuger aufsteigen.

Er musterte ihn von der Seite und sah die ersten Zweifel in den Augen des Vaters aufglimmen.

Ungeachtet der schmachtenden Blicke der Circe, griff er nach dessen Schultern und zog ihn beherzt zur Seite.

„Zum Teufel mit dir du verblödeter Trottel, bist du so verblendet und verwirrt, das du dich nicht mehr erinnerst an die reizende Frau, die über 200 Jahre an deiner Seite ausgeharrt, für die du durch Eis und Feuer gehen wolltest?"

„Du meinst – aeh – ja ich entsinne mich aber"…
stotterte er zweifelnd.

„Du willst sie nicht suchen, willst sie also nicht
mehr?"

Nun gut, dann werde ich sie suchen gehen und aus
dem Totenreich befreien, dann aber wird sie mit
mir gehen und mir gehören", polterte Wolfgang
entschlossen und wandte sich zum Gehen.

„Aber - aber, welch ungebührliches Betragen",
zischte die Gastgeberin mit zornfunkelnden Augen.

„Mich verlässt man nicht ohne meine Zustimmung,
ihr werdet doch meine Gastfreundschaft nicht
ausschlagen Bürschchen!"

Sie klatschte fünfmal in die Hände, worauf ein
Trupp bewaffneter Krieger erschien.

„Nehmt ihn in eure Mitte und führt ihn in das
Langhaus", befehligte sie, „und benachrichtigt die
Sklavenweiber, sie mögen ein Festmahl bereiten,
unser neuer Gast ist nur das Beste gewöhnt", fügte
sie energisch hinzu.

So geschah es dann, das sie den widerstrebenden
jungen Mann wie einen Verbrecher abführten und
eskortierten.

Das Langhaus erwies sich als komfortables
Gästehaus, mit allem erdenklichen Luxus,
ungewöhnlich für diese Zeit ausgestattet.

Das Zubereiten der Speisen, erfolgte im Freien.

Wolfgang erblickte unzählige Frauen, in merkwürdigen Gewändern gekleidet, die sich an duftenden Fleischspießen verdingten und in irdenen dampfenden Töpfen rührten.

Ungeduldig betrat er das langgestreckte Gebäude, welches nur aus einem großen Raum bestand und sah sich neugierig um.

Ein emsiges Treiben, ein Surren verschiedener Geräusche schwebten im Raum, ein Gemisch könstlicher Düfte erfüllten die Luft.

Er räusperte sich vernehmlich und setzte sich auf einen der drei thronartigen Stühle, doch seine Unruhe trieb ihn, sogleich wieder aufzustehen.

Warum gab es nur diese drei Sitzgelegenheiten, wunderte er sich und trat ins Freie um Ausschau nach dem Vater und der aufreizenden Frau zu halten.

Jetzt gewahrte er die Truppe, die sich auf dem grasbewachsenen Boden niedergelassen hatten und lebhaft lamentierte.

Keiner der gefährlich erscheinenden Krieger achteten noch auf ihn.

Er könnte sich jetzt unbemerkt entfernen, doch die Neugier auf das, was jetzt folgen würde, hielt ihn am Ort des Geschehens.

Unruhig durchmaß er den belebten Platz, als er sie zwischen Schlehenbüschen nahen sah.

War das noch derselbe Mann, stets forsch zupackend, voller Esprit, Autoritär, Respekt einflößend, in dessen Schatten er immer gestanden hatte.

Der nun gebeugt, mit stumpfen leerem Gesichtsausdruck, unsicher neben der lebenssprühenden Schönen, die an seinem Arm hing, daher trottete.

Nein, das war nur eine billige Imitation, er hatte seine Persönlichkeit verloren.

Mitleidig trat er ihnen entgegen und folgte den Beiden, wortlos ergriffen ins Haus, um dort irritiert, neben ihnen den dritten Sitzplatz einzunehmen. Herr Gott, was soll diese Farce.

Alle schwiegen augenblicklich und beugten demütig den Rücken.

Er kostete von den angebotenen Getränken, vermied es jedoch einen Kelch, auch nur zur Hälfte zu leeren.

Hin und her eilende Frauen mit farbenprächtigen Gewändern, belebten die Atmosphäre.

Ihm war längst aufgegangen, das es sich bei dem eifrigen Dienstpersonal, ausschließlich um Sklaven handelte.

Empört, war er versucht, eine bissige Bemerkung loszulassen, doch er besann sich rechtzeitig und schwieg, denn er wusste, nur ein Wort von ihr oder ein Zeichen zu ihrer Kampftruppe, ein beherztes Klatschen in die Hände, konnte sein Ende bedeuten

Die Armee, die einst von Justin zusammengestellt wurde, um seinen kostbaren Besitz zu hüten und zu schützen, wie immer er es angestellt haben mag, war nun ihr treu ergeben.

Gleichwohl, widerte sie ihn an, er konnte nicht verstehen, dass sein Erzeuger ihre Spielchen noch nicht durchschaut hatte.

Sein Blick wanderte in die Runde, keine der Dienerinnen war reizvoll genug um das Auge zu erfreuen, wo waren die jungen Frauen?

Bald wurden die Speisen aufgetragen und vermittelten die trügerische Geselligkeit eines Gastmahls, wie am Hofe eines Königshauses.

Doch die Königin war eine egoistische, mordrünstige Xantippe, die gewissenlos über Leichen ging, um ihren unstillbaren Gelüsten zu frönen, denn auf die Frage nach ihrem Gönner, dem lustigen, charmanten Justin, erklärte sie achselzuckend.

„Ach, der hat dranglauben müssen, er hatte mich über, „mich" die Herrin der Welt, denkt nur, er wollte mich verlassen, aber mich verlässt man nicht, so habe ich ihn köpfen lassen, auf das er für immer hier verweile, nun kann er mir nimmer

mehr entfliehen", erklärte sie, gurrend auflachend.
Ein eisiger Schauer, rieselte über Wolfgangs
Rücken, als er die so leicht dahin gesprochenen
Worte vernahm.

Er suchte nach Zeichen der Reue, oder zumindest,
eines schlechten Gewissens in ihre Miene, doch er
sah nur ihren kindlich verzogenen Schmollmund,
der Trotz und Rechtfertigung widerspiegelte.
Welch ein niederträchtiges, teuflisches Wesen,
unmenschlich und kalt.

Das ausgiebige Gastmahl, zog sich ermüdend hin.
Gleichwohl schmeckte er nicht, was er aß.
Nach Stunden endlich, löste die Herrin die Tafel
endlich auf und erhob sich.
Die Sonne war bereits untergegangen, als sie ins
Freie traten.
Eine erfrischende Briese strömte ihnen entgegen,
ihr Haar wehte im Wind, als eine vorwitzige Böe,
ihre Mähne erfasste und hochhob, ihre Nacktheit
entblößend.
Die Sklaven und Krieger senkten in einer
akrobatisch, schnellen Bewegung, Haupt und
Rücken, bis auf den Hauptmann, der anzüglich
grinsend, es offensichtlich an Respekt fehlen ließ.
Sie jedoch, schien ihre plötzliche Blöße nicht zu
stören.

Er vermisste an ihr die natürliche, weibliche Reaktion, ihre Nacktheit zu bedecken, nein im Gegenteil, glaubte er von ihr einen herausfordernden, verführerischen Blick zu erhaschen.

Ungläubig starrte er auf das ihm gebotene Schauspiel und konnte nicht fassen, was sie ihm präsentierte.

In der prüden Zeit voller Konventionen und Klischees, 1863 geb., erschien es ihm äußerst verwerflich einen nackten Frauenkörper, mit allen Reizen, öffentlich zur Schau gestellt, zu erblicken.

„Ich selber, werde euch nun in das Gästehaus begleiten", überspielte sie, süß lächelnd die Verlegenheit, die sie an ihm bemerkte.

„Kommt - bald wird es dunkel sein", säuselte sie vieldeutig, hängte sich in seinen Arm und ließ Günter, seinen Vater verdattert zurück.

Schulterzuckend, mit einem verzeihenden Grinsen entfernte er sich von ihm, in den Glauben, ihn in Kürze wiederzusehen.

Denn das letzte Wort war noch nicht gesprochen.

Sie zog ihn weiter, den Weg entlang.

Zu seinem Erstaunen, tauchte bald ein imposantes, Palastähnliches Gebäude hinter Büschen und Bäumen auf.

Ein Haus aus Natursteinen, das einzige dieser Art in

der Siedlung.

„Das ist unsere Residenz", erklärte sie stolz.

Wieder klatschte sie in die Hände, worauf etliche Dienstboten, vermutlich auch Sklaven, aus dem Nichts auftauchten.

„Führt ihn in die Fürstensuite", befahl sie lachend und bedachte ihn mit einem betörenden Blick, der viel verhieß, „wartet auf mich", hauchte sie und verschwand. Er brauchte nicht lange zu warten.

Sie kam und entschädigte ihn für allen Unbill, den er erfahren hatte, als gäbe es nicht anders, als körperliche Vereinigung.

Sie gab alles und nahm, verführte ihn, ließ ihn beben und auf Wolken entschweben, ließ in Zeit und Raum vergessen, bis der Morgen graute.

Als die ersten Sonnenstrahlen das Liebeslager erreichten, griff er im Taumel nach ihr, doch sie war bereits verschwunden.

Sie hatte noch anderes zu tun, da war ja noch einer, dem sie ihren Körper bieten musste.

Was hatte sie anderes gelernt. Ohne die erzieherischen Regeln einer intakten Familie, die sie nie kennengelernt hatte, abgeschirmt von allen Nöten der Wirklichkeit, dem Kampf ums Überleben, glaubte sie über ein endloses Imperium zu herrschen, was wusste sie von der wahren Welt. Hatte sie doch nie die Großstadtmelodie vernommen, wusste nichts von Autos, den rasenden ICE Zügen, Flugzeugen, Raketen und Schusswaffen, den elektrischen Maschinen und allerlei notwendigen Hilfsmitteln.

Ihre Waschmaschine waren die Sklavenweiber, als Kochherd dienten allerorts die Kochmulden, als Heizung vor Kälte, ersetzten die Männerkörper die fehlende Glut, die ihre Glieder wärmten und in Wallung brachten.

Darüber hinaus, scherten sie die Kümmernisse, Belange und Sorgen ihrer Untertanen und Mitbürger nicht im Geringsten.

Sie war von Kindheit an programmiert, den Männern zu gefallen. Schon früh nutzte sie egoistisch die Vorteile, die ihre Erscheinung und ihr makelloser Körper ihr boten, mit Koketterie, mit eingeübtem Augenaufschlag, wusste sie sich stets ins rechte Licht zu setzen, um alles zu erreichen.

Justin, ihr Erzeuger schmolz dahin, wenn sie schmollte und eine Schnute zog, um ihren Willen durchzusetzen, so ließ er ihr alles durchgehen.

Nun war es Wolfgang, den sie in ihren Fängen hielt, der trotz aller Vernunft ihrem Charme und ihren betörenden Zärtlichkeiten auf dem Ruhelager, bereits in der ersten gemeinsamen Nacht, hoffnungslos erlag.

Sie war eine Könnerin auf dem Gebiet der Erotik,

kannte sich bestens aus, wusste über alle Finessen der Liebeskunst.

Sie erschöpften sich in endlosen Liebesspielen bis zum Überdruss.

Die Zeit dazwischen, diente ihm zur Erholung, dem Sammeln neuer Kräfte.

Sein einziges Denken kreiste um den köstlichen, zu allem bereiten, ihm ergebenen Frauenkörper.

Solange er seinen männlichen Trieb voll auskosten konnte, verschwendete er keinen Gedanken an andere Mitstreiter, wie den betrogenen Vorgänger, ja er sah ihn nicht einmal als Rivalen.

Er war gefangen zwischen ihren warmen Schenkeln, da er nie der gleichen erlebt hatte, im konventionellen 18 Hundert.

Es drängten ihn keine Termine, noch Sorgen, kein Alltagsstress, solange sie ihn umgarnte und beglückte.

So begleitete er sie gelegentlich auf ihren Wegen zu ihren Truppen, welche sie befehligte und die ihr blind ergeben waren.

Er bestaunte ihre Macht über die zügellose, furchteinflößende Bande, die bei ihrem Erscheinen strammstanden. Er hegte keinen Verdacht, wie sie ihr Gehorsam erkaufte.

Doch am meisten erstaunte ihn das Verhalten seines Vaters, den er pflichtbewusst hin und wieder aufsuchte.

Glaubte er einen niedergeschlagenen, gebrochenen am Boden zerstörten Mann vorzufinden, so erlebte er einen zufriedenen wirkenden Zeitgenossen, zwar leicht benebelt von einem ihm unbekannten Rauschmittel, der ihn jedoch stets herzlich willkommen hieß.

Nur zu gern, ließ er sich bei ihm nieder, doch ein klärendes Gespräch war zwischen ihnen nicht möglich.

Es dauerte ihn nicht, denn er schien sich abgefunden zu haben, mit seiner Niederlage, oder?

So verging die Zeit wie im Fluge, die Kümmernisse seines Erzeugers interessierten ihn nicht sonderlich. Alles war unwichtig, solange es ihm selber gut ging.

Doch bald konnte er es nicht mehr ertragen, den Vater in diesem unwürdigen Zustand zu sehen und er gab seine Besuche auf.

Er glaubte, der Vater würde sich aus Verzweiflung mit Drogen betäuben, denn er war es ja, der ihn mit seinem Liebchen betrog und ihn somit zum Affen machte.

Er konnte ihm nicht mehr entgegentreten, ihm nicht mehr in die Augen sehen.

Jedoch ein Triumph und Siegesgefühl wollte sich nicht einstellen. Vielmehr plagte ihn ein schlechtes

Gewissen.

Ein heimlicher Groll auf seine schamlose Gespielin, die sich nahm wonach ihr gelüstete, schlich sich bei ihm ein. Sollte er auch schon besessen von ihr sein?

Ein Spielball ihrer Verführungskünste, gestand er sich auf einer seiner einsamen Gänge durch die Wiesen.

Er hatte sie seit der Nacht nicht mehr gesehen, was treibt sie nur den ganzen Tag? Sei es drum, er liebte nicht sie, sondern nur ihren Körper, war ihm schlagartig klar, denn sie hatte keine Seele, war kein Kumpel, noch eine treue Freundin mit der man ernsthaft hätte reden können.

Sie ist nur ein Traum mit den gleichen Körperteilen wie jede andere auch, sagte er sich. Sie genügt um mir Lust zu verschaffen bis zum Überdruss, bis er sie überhabe, warum nicht das Angenehme mit dem Nützlichen verbinden.

In ihr versinke ich nicht tiefer, ihre feuchte Vulva ist nicht schlüpfriger und erregender, als die jeder anderen in der Dunkelheit der Nacht, versuchte er sich einzureden und merkte nicht, dass die echte Carla mehr und mehr verblasste.

Dennoch, mit dieser Frau, so reizvoll und unwiderstehlich verlockend sie auch war, verband ihn nichts Gemeinsames, dennoch konnte er ihr

solange nicht widerstehen, war ihr willenlos
ausgeliefert, angezogen wie von einem Magnet.
Sie ist nicht mehr, als eine Hure, ich darf ihr nicht
nachgeben, dachte er und drängte dem
verlockenden Fleisch entgegen, der Süße zwischen
ihren Armen und Schenkeln.
Sie riecht nach Sünde meine Kleine, waren seine
letzten Gedanken, ehe er in sie versank.

Die Zeit verging, die ersten Herbststürme zogen
mit Regen und Nebel über das Land, die Wege
verwandelten sich in schlammige Furchen, was ihm
seine täglichen Spaziergänge vergälte

Er sehnte die Nächte herbei, die heißen Nächte mit
ihr, denn die Tage waren lang und öde.

Er begann sich zu langweilen.

Was tat er noch hier? Er sollte gehen, in sein Leben, in die Zivilisation, dort wartete eine Aufgabe auf ihn, war seine Berufung als Doktor nicht sein Lebenssinn?

Doch konnte er sich nicht entschließen, konnte sich nicht endgültig lösen von ihr, - noch nicht, zu köstlich waren ihre Umarmungen, ihr perlendes Lachen, bis eines Tages...

Es war, als träfe ihn ein Schlag, als er sie nur Stunden, nachdem sie von ihm gegangen war, mit seinem Vater in eindeutiger Pose mit gespreizten Schenkeln liegen sah.

Oh welch ein unersättliches Miststück, dachte er erschüttert.

So ist sie also eine Nymphomanin, sie beglückt mehrere Männer gleichermaßen, möglicherweise auch den Hauptmann der Garnison und...

Ach, vermutlich war ihr jeder Schwanz, vom Stallburschen bis zum Fuhrmann recht, dachte er gehässig.

Er entsann sich der heißen anzüglichen Blicke des Hauptmannes, der es nicht für nötig hielt, seine Gier zu verbergen.

Ach was kümmerten ihn noch ihre früheren Liebhaber, oder trieb sie es noch immer, mit allen möglichen Kerlen, sei es drum. Jetzt habe ich endlich genug von ihr, noch heute werde ich gehen! Dachte er in aufwallendem Zorn und entfernte sich, floh vor dem kompromittierenden Anblick.

Doch es ließ ihm keine Ruhe. Bald kehrte er zurück, um einen letzten Blick auf den Vater zu werfen. Man muss es ihr nachsehen, dachte er, schon wieder leicht besänftigt, sicher war es nur ein Pflichtbesuch von ihr, bei ihm aus alter Gewohnheit, eine Geste der Versöhnung. Bestimmt hatte sie längst genug von dem Alten, beruhigt er sich. Doch zu seinem Ärger, sah er sie nun rittlings auf ihm hüpfen, er sah ihre runden Pobacken im Rhythmus auf und niedergleiten, hörte ihn, der sein Vater war, lustvoll stöhnen. Ein Stich, wie von einem Pfeil, bohrte sich in seinen Magen. War es Eifersucht oder nur verletzter Stolz, den er schmerzhaft empfand?

Sie ist es nicht wert auch nur einen Gedanken an sie zu verschwenden, dachte er grimmig, er hatte genug gesehen und stapfte hastig davon, flüchtete mit weitausholenden Schritten fort, nur fort von hier.

Er irrte ziellos durch das moorige Gelände, den letzten Schritt hinaus zögernd.

Alles ist vorbei, klang es wie eine Spottparodie, bei

jedem Schritt in seinem Kopf.

Aus und vorbei - er würde seine wenigen Habseligkeiten, die er vorsorglich gut verborgen hatte, zusammenpacken, seine Dokumente - seine Existenzbescheinigung, ohne die er auch nur ein beliebiger Sklave ohne Namen war, wieder an sich nehmen und dann…

Da er aus praktischen Gründen, längst die Aufmachung und Kleidung der Einheimischen trug, bereitete es ihm einiges Kopfzerbrechen, sich wieder in seine Ursprüngliche Kluft zu präsentieren, grübelte er, während er sich endlich seinem Domizil näherte.

Ihm graute wie immer, vor den leeren Gemächern die ihn erwarteten würden, wusste er doch nur zu gut, wo sie sich gerade austobte.

Doch zu seinem Erstaunen, erwartete sie ihn schon ungeduldig.

„Ich bin es nicht gewohnt zu warten, du vernachlässigst mich sträflich, wo treibst du dich nur solange herum?" schmollte sie mit zornesfunkelnden Augen.

Er schnappte endrüstet nach Luft, ihm fehlten die Worte, seiner Empörung Ausdruck zu verleihen.

Einem unwiderstehlichen Impuls folgend, wollte er sie schlagen und erhob die Hand gegen sie, worauf sie ihn lachend verhöhnte.

„Ist das der Dank dafür, dass ich mich um dich sorge, du undankbarer Trottel, ich biete dir die Gelegenheit, mich zu begleiten", fuhr sie fort.

„Komm mein Böckchen, zeig deiner Holden, dass du ein rechter Kerl bist", säuselte sie und zog den Widerstrebenden mit sich.

„Es ist an der Zeit, deine Männlichkeit, deinen Heldenmut zu beweisen, du musst lernen, für dein Brot zu kämpfen", fuhr sie fort, während sie ihn durch das Unterholz zu ihrer Truppe bugsierte.

„Ich bringe euch einen neuen Kämpfer!" führte sie ihn vor, „es ist wieder Zeit für einen neuen Raubzug!" befahl sie.

„Hagen, nimm ihn unter deine Fittiche, diesmal müsst ihr ohne mich auskommen, möge unser neuer Mann, euch an meiner statt begleiten, oder ist er zu feige!" fragte sie mit einem listigen Seitenblick auf ihn.

„Oh nein Carla, ich bin kein Schwertkämpfer, ich eigne mich nicht zum Töten, ich bin ein Heil - Arzt, auserkoren Leben zu retten und zu bewahren, anstatt es zu zerstören, mein Metier ist es, euer Leben zu erhalten"...rief er, in die Enge getrieben.

„Hört - hört, das Jungchen kann kein Schwert halten, anheben und führen, ist schwach wie ein Weib, ha – ha", grölte der Hauptmann und beugte sich dröhnend lachend.

„So zeigt ihm Herrin, wie man ein Schwert führt!"
rief er höhnisch und reichte ihr demonstrativ sein
mächtiges Schwert.

Sie nahm es kurzerhand entgegen, hob es mühelos
in die Höhe und ließ es pfeifend durch die Luft
sausen.

„Ich könnte dich jetzt und jederzeit töten", zischte
sie gefährlich, falls es dir jemals einfallen würde,
mich zu verlassen, mich verlässt man nicht
lebend", bekräftigte sie und maß ihn mit
spöttischen Blicken.

Die Situation war so absurd, so filmreif, dass er
trotz der Ernsthaftigkeit seiner Lage, ein Lachen
unterdrücken musste, als er in ihre blitzenden
Augen sah.

Wow, - was war das denn eben für ein Auftritt,
kann sie etwa Gedanken lesen?

Ihm schwirrte der Kopf, doch er fasste sich schnell
wieder, reckte sich und entgegnete spöttisch:

"Hu – jetzt habe ich aber Angst, du kannst wohl
nur auf diese Art deine zahlreichen Liebhaber
halten, Xantippe, die du bist!" fügte er erzürnt
hinzu.

Sie wirbelte herum, machte einen Satz auf ihn zu
und ohrfeigte ihn mit aller Wucht.

„Du erdreistest dich, mich in aller Öffentlichkeit zu

schlagen, du Miststück", fauchte er außer sich und schlug instinktiv zurück.

Der zweite Hieb warf sie zu Boden.

Noch nie hatte er eine Frau geschlagen, doch noch nie hatte ihn eine Frau so gedemütigt.

Erschrocken über sich selbst, beugte er sich, um ihr aufzuhelfen, doch ihre Augen sendeten so vernichtende Blicke, Blicke voller unverhohlenen Hasses, das es ihm das Blut in den Adern erfrieren ließ und er vor ihr zurückschreckte.

Er räusperte sich verlegen und wollte sich abwenden. Welch eine unwürdige Farce, dachte er, verwirrt, als er brutal ergriffen und fortgezerrt wurde.

Er stemmte sich mit aller Kraft gegen seine Häscher, doch er hatte keine Chance, es waren derer zu viele.

„Was fällt euch ein, ihr hirnlosen Barbaren", wehrte er sich mit Leibeskräften, doch sie lachten nur über ihn und packten ihn umso fester.

„Schaft ihn in den Kerker, auf das er dort verrecke!" hörte er sie noch verächtlich rufen.

In übermächtigem Zorn, sich seiner Hilflosigkeit bewusst, machte er sich Luft, die Worte auszustoßen, die ihrer Überheblichkeit zu denken geben sollten.

„Eines Tages wirst du es bitter bereuen und büßen,

du verkommene Hure, bei Gott, du bist die Oberhexe aller Hexen, verflucht seist du, verdammt in alle Ewigkeit!" bekräftigte er, so laut er es vermochte.

„Ja ich verfluche dich, du wirst nichts Anderes mehr sein, als eine armselige ... eine Sklavenmagd - meine Sklavenmagd".

„Die Füße wirst du mir küssen und um dein Leben flehen, wenn ich mit dir fertig bin, denn wisse, auch ich besitze eine Armee, mit der es diese Tölpel nicht aufnehmen können", brüllte er, um seine Angst und Hilflosigkeit zu überspielen.

Am Ende wusste er nicht mehr so recht, ob er sich wünschen sollte, sie möge seine Hasstriade vernommen haben, oder doch besser nicht.

Doch sie hatte jedes seiner vernichtenden Worte, ungläubig, staunend vernommen.

Nachdenklichkeit und ein nie gekanntes Unbehagen, machte sich in ihr breit.

Noch nie hatte jemand gewagt, ihr solche Ungeheuerlichkeiten entgegen zu schleudern.

Zeit ihres Lebens war sie nur von der einen Furcht besessen, als Hexe, denn als Göttin gesehen zu werden und all ihrer Macht, verlustig zu sein.

Nun konnte sich ihre unantastbare Göttlichkeit, in einem einzigen schwachen Moment, ins Gegenteil umwenden.

Gleichermaßen fürchtete sie, den ihr auferlegten Fluch, wie den Teufel, war doch der Teufel der einzige Mann, der ihr Respekt einflößte, sowie die Hölle und das ewige Fegefeuer.

Doch der ausgesprochene Fluch war es, der ihr die meiste Furcht einflößte.

So lodere ich am Ende im Dunkel wie eine Fackel oder Laterne, als Hexe auf dem Scheiterhaufen, heller als der Mond - werde strahlen, leuchtender als die Sonne, ich werde die Flamme sein, denn gegen Feuer bin ich machtlos.

Aufgewühlt zog sie sich in ihre Gemächer zurück, sie musste überlegen.

In seinen kühnsten Träumen hätte er sich keinen widerlicheren Ort vorstellen können, als den, in dem er sich jetzt befand, eine stinkende Gruft, bar jedem Tageslichtes, kalt und feucht.
Das ist also nun mein Ende, vom Himmel direkt in die Hölle, dachte er, niedergeschlagen. Niemand wird mich vermissen, hier werde ich verfaulen.
Bald merkte er, das er nicht alleine war, als sich seine Augen an die Dunkelheit gewöhnt hatten, erkannte er hinter einem Gitter, wüste Gestalten, die sich offensichtlich erfreut über den Zuwachs, mit derben Sprüchen äußerten.
„Oh ich habe nette Gesellschaft!" brummte er hoffnungsvoll und musterte seine neuen Leidensgenossen.
„Wie lange seid ihr schon hier?", fragte er neugierig.
„Er will wissen wie lange wir hier schon die Gastfreundschaft genießen, der feine Herr, woher sollen wir das wissen, wenn jeder Tag der Nacht gleicht, ein Jahr oder 10 Jahre, wo ist der Unterschied, wir sind lebendig begraben, werter Herr!"
„Ja, aber was ist euer Verbrechen?" fragte Wolfgang nach.
„Ach das wissen wir nicht mehr, die Zeit löscht alles Weltliche, alles wofür wir einst gestrebt",

meldetet sich eine Gestalt, die sich den
Gitterstäben näherte.

„Du scheinst mir ein kluger Kopf zu sein, so sag
mir, was war deine Berufung, bevor"...

„Berufung?, meine Berufung war es in Frieden zu
leben, mit Weib und Kindern, oh – ja, einst war ich
ein wackerer, erfolgreicher Kaufmann mit sieben
Kindern gesegnet!"

„Aber wodurch habt ihr ihren Zorn auf euch
gezogen, Mann?"

„Ach das erscheint heute so unwirklich, dass ich es
selbst kaum noch glauben kann, schaut mich an, ja
junger Herr, bin ich etwa ein schöner Jüngling, bei
dessen Anblick einer holden Maid das Herz in
Wallung gerät?"

„Wie ist euer Name guter Mann?"

„Hartmut, hat man mich genannt".

„Ich kann euch kaum sehen, seid ihr auch von
stattlichem Bau, so seid ihr verdreckt, zerlumpt
und ihr riecht zum Gotterbarmen!"

„Genug, das alles weis ich selbst", erboste sich der
Gefangene, „ein stinkender Dreckhaufen bin ich
für die!"

„Na, - dagegen lässt sich etwas unternehmen, man
braucht sich nur zu waschen", entgegnete
Wolfgang naiv.

„He, ihr macht mir Spaß, Witzbold, seht ihr hier
etwa einen Waschzuber, oder eine Grube, um
seine Notdurft zu verrichten – he?, bald werdet ihr

genauso stinken wie wir!"

„Schweigt, erklärt mir nun, was euch in diese missliche Lage gebracht hat, mir könnt ihr nicht weismachen, es vergessen zu haben!"

„Nun – ich habe dem Satan widerstanden, habe mich nicht von ihm versuchen lassen und der Sünde nachgegeben, doch die Götter waren gegen mich, haben es mir nicht vergolten!" klagte er, und hatte mit vielen Worten doch nichts gesagt.

„Ihr wollt also nicht aussprechen, dass ihr diesem sündigen Weib dort droben nicht erlegen und ihr nicht auf den Leim gegangen seid, ihren teuflischen Verführungskünsten also widerstehen konntet!"

„Nu nicht ganz, auch ich war nicht fähig, ihren Reizen zu unterliegen, alles wäre gutgegangen, wenn sie nicht, also, wenn sie nicht von mir verlangt hätte – ich möge meine angetraute Gattin heimlich meucheln!"

„Heimlich meucheln, wie meint ihr das?"

„Na – ja – ich sollte sie in den Wald locken, töten und an Ort und Stelle verscharren".

„Pfui Deibel, was für eine teuflische Anordnung und deine Kumpanen, die kaum noch leben, gerade das sie noch atmen, was wird ihnen angelastet?, waren auch sie alle Liebhaber der Herrin?"

„Oh bei den Göttern, nein aber hm – nun ja, der Blondschopf vielleicht, der bärtige Kollos, der…

ach, was rede ich nur, der ist ja kaum noch mehr als ein Gerippe, der hat es gewagt hübschen jungen Maiden zu zuzwinkern, während er mit ihr, also neben ihr ging, ein sträfliches Vergehen".

„In ihrem göttlichen Wahn, duldet sie keine Konkurrenz neben sich, fortan wurden alle weiblichen Wesen, aeh – wie soll ich es ausdrücken, zwischen dem Frauenalter, also wohl von 13 bis 30 Sommern ausgerottet, sie verschwanden einfach aus dem Dorf, wurden nimmermehr gesehen!"

„Doch wie töricht und unüberlegt von ihr, denn so wird unser kleines Dorf bald ausgestorben sein, wenn ihr versteht was ich damit sagen will, so werden ja eine Kinder mehr geboren, ohne unsere jungen Frauen", fügte er hinzu.

„Dazu kommt, dass die Männer nach Frauen gieren, nach einer passenden Frau, denn es drängt sie danach zu heiraten, eine Familie zu gründen und Sprösslinge in die Welt zu setzen, Kinder sind doch unsere Zukunft, wie soll unser Volk weiterbestehen?"

„Oh das ist ja unglaublich, willst du damit sagen, hier gibt es keine jungen Frauen mehr?"

„Ja, wenn ich es doch sage, es sind alle über Nacht verschwunden!"

„Das muss nicht zwingend ihr Ende bedeuten, vermutlich wurden sie verkauft an reiche Fürstenhäuser und sind nun ihrerseits Sklaven, sicher hat deine Gattin dasselbe Schicksal ereilt, was meinst du?"

„Nein guter Mann, sie nicht, sie weilt nicht mehr unter den Lebenden, dessen bin ich gewiss, denn sie war sehr lieblich anzuschauen, auch noch mit 28 Jahren, als man uns gewaltsam trennte und mich in dieses Verließ verbannte!"

„So wisset, einmal im Jahr ist es unseren ältesten Söhnen gestattet, uns hier für eine Stunde aufzusuchen, das heißt, uns durch das Gitter, wie in einen Löwenkäfig anzuschauen!"

„Nun hört gut zu, euch kann ich es ja sagen, ihr erscheint mir ehrenhaft und gebildet, wenngleich ich mir nicht erklären kann woher ihr kommt, aeh – ich schweife vom Thema ab, so viel geht mir durch den Kopf".

„Zulange hatte ich keine Möglichkeit mit einem Mann klaren Geistes zu reden, so lasst mich fortfahren, möget ihr alles wissen, was ich euch jetzt anvertraue".

„Also mein Sohn, unser Ältester ist keineswegs ein Sohn, vielmehr ist es meine Tochter, mir war nie das Glück beschert, einen Sohn zu zeugen, so haben wir sie all die Jahre als Knaben gekleidet und als Sohn ausgegeben".

„Doch die Natur, der Drang nach dem – aeh – Vereinigen war stärker in ihr, so kam es, das sie eines Tages dem Sohn des obersten Kriegsführers verfiel und ihm versprochen ist!"

„Noch halten sie es geheim, wenn es aber soweit ist, wird es unweigerlich zum großen Aufstand kommen, wer dann allerdings gegen wen kämpfen wird und wie es ausgehen mag, bestimmen allein die Götter".

„Ah, - wie interessant, es wird also einen Aufstand geben, dann besteht doch Hoffnung für uns", bemerkte Wolfgang, erleichtert aufatmend.

„Ja dafür lebe ich!"

„Das ist gut, das gibt auch mir neuen Mut", murmelte Wolfgang, aber was hat es mit den anderen Gefangen auf sich, was wissen sie?"

„Ach, die wissen nichts, das sind nur gemeine Diebe und Mörder, um die ist es nicht schade, sie haben allemal den Tod verdient!"

„Wie lange mag es dauern, bis es zu dieser Revolte kommen mag, wenn sie denn stattfindet, werden wir dann noch leben oder schon längst von den Ratten aufgefressen sein?, dachte Wolfgang und hockte sich wie seine gefangenen Leidensgenossen in das modrige Stroh, in der ewigen Dunkelheit.

Seine Gedanken verirrten sich, bald wusste er nicht mehr, ob er wachte oder träumte.

Er erkannte nicht, wann die Nacht in den Tag wechselte.

Das sinnlose warten zermürbte ihn, doch ein wenig Zuversicht, beflügelte die Monotonie.

Hoch droben über ihm, machte er einen winzigen Mauerspalt aus, der einen trüben Lichtschein spendete.

Stöhnen und unverständliche Flüche, Furze und
rascheln im Stroh und das Quieken der Ratten,
waren fortan die einzige Abwechslung in der
tödlichen Stille.

Lebendig begraben, dachte er, wie konnte ich nur
in diese ausweglose Lage geraten.

Glaubte er am Anfang vor Gestank nicht atmen zu
können, so stellte er bald fest, dass er sich mit
jedem weiteren Atemzug mehr an den widerlichen
Geruch gewöhnte.

Er hatte noch so viele unbeantwortete Fragen an
seinen Mitgefangenen, so war es ihm
unverständlich, dass sie offenbar nie in ein anderes
Terrain, vorgedrungen waren.

Der andere hatte sich zurückgezogen und schwieg,
er hingegen, versuchte mit Kniebeugen und
Liegestütze, seine Lebensgeister in Schwung zu
halten.

Doch damit verbrauchte er unnütze Energie, wer
weis, wie lange er ohne Nahrung auskommen
musste, denn der Hunger brannte in seinen
Gedärmen, doch noch schlimmer, plagte ihn der
Durst, wie lange kann ein Mensch ohne Wasser
überleben? Er kauerte sich fröstelnd zusammen,
als er nach langer Zeit eine Stimme vernahm.

Sein Mitgefangener durchbrach die Stille und
begann wieder zu reden.

„Ich habe euch noch nicht alles gesagt, was ihr

erfahren solltet über die Herrin, so wisset, sie ist nicht nur ein machtgieriges, bösartiges Frauenzimmer, sie ist eine Göttin, dessen bin gewiss, doch eher eine Göttin des Unheils, als des Frühlings oder Morgenröte, denn sie ist schon immer dagewesen, alle Zeiten, ist unsterblich und ewig jung, so steht es in alten Schriften".

„Ein weiser gelehrter Greis, der tief im Walde lebt, hütet das alte Wissen, man sagt er wäre schon weit über 100 Winter, er weis alles, was einst geschehen ist!"

„Vor langer Zeit, wäre sie eines Tages auf einem Sonnenstrahl oder gar auf einen Regenbogen herabgeglitten".

„Weiter behauptete er, sie wäre ein Versehen, ein Irrtum der Göttin der Fruchtbarkeit und des Mondgottes!"

„Er hat seine Hütte schon lange Zeit nicht mehr verlassen, nun ist er zu gebrechlich, sich auch nur von seinem Lager zu erheben, es geht wohl mit ihm zu Ende".

„Man erzählt sich, die Herrin persönlich versorgt ihn und hält ihn mit einem Zaubertrank am Leben".

„Mein Großvater kannte ihn schon, es hieß damals er wäre verbannt und durfte unsere Siedlung nicht betreten".

Wolfgang horchte auf, ein Geistesblitz schoss durch seinen Kopf.

„Wie nennt sich dieser weise Alte, er hat doch

sicher einen Namen?", fragte er hellhörig geworden.

„Hm, Justus etwa, oder so ähnlich"…

„Justus sagst du, kann er nicht Justin heißen?"

„Schon möglich, aber was besagt der Name schon!", entgegnete Hartmut, sein Leidensgenosse und wendete sich von ihm ab.

Sollte Justin noch am Leben sein?

Justin sein einstiger Mitbewohner, in dem er glaubte einen Freund zu sehen. Justin, der ihm seine Gutmütigkeit gedankt, indem er ihm seine Braut abspenstig gemacht hatte und mit ihr fortgegangen ist.

Aber warum hat sie ihm diese Lügen über Justin aufgetischt.

Er verfiel in Grübeleien, vergaß Zeit und Raum.

Nach einer Zeit, die ihm unendlich erschien, vernahm er das Geräusch, zurückgeschobener Riegel und nachfolgenden, schweren Schritte, die sich näherten.

Augenblicklich kam Leben und Bewegung in die soeben noch Halbtoten, die sich mit ungeahnter Schnelligkeit erhoben hatten und sich nun mit derben Sprüchen bemerkbar machten.

„Rück den Fraß raus du Missgeburt", übertönte eine Stimme das aufgeregte Gemurmel.

„Halt dein freches Maul du stinkende Ratte oder willst du die Peitsche spüren", polterte der Wärter und warf ein paar vertrocknete Brotkanten durch die Gitterstäbe.

Ein weiterer quetschte einen Wasserkrug durch die Öffnung.

Auch Wolfgang erhielt die ihm die zugedachte Ration, die er wortlos entgegennahm.

Mit den höhnischen Worten des Wärters: „Wohl bekomm's", und einem spöttischen Lachen, zogen sie sich naserümpfend wieder zurück.

Die Schritte entfernten sich und verklangen, doch das Geräusch des Riegels ging unter in dem Stimmengewirr der Gefangenen.

Hatten sie etwa vergessen die Tür zu verschließen?

Er nutzte die Unruhe, um sich auf der Stelle, von der sich bietenden Gelegenheit zur Flucht, zu überzeugen. Bei Gott, die Tür ließ sich öffnen, das Tor in die Freiheit, war es Absicht oder Nachlässigkeit, war das seine Chance zurück ins Leben?

Ein Ruck ging durch seinen Körper. Er streckte seine Glieder und verlor keine Zeit mit Mutmaßungen und Skrupeln.

Ein letzter Blick in die Runde, bestätigte ihm, dass keiner der anderen Gefangenen ihn beobachtete, sie rauften sich um die lebenserhaltenden, schimmligen Brocken, als wären es köstliche Delikatessen.

Er tastete sich die glitschigen, ausgetretenen Steinstufen hinauf, lauschte auf Geräusche, Stimmen, Gelächter, während er sich Schritt für Schritt dem Licht und der ersehnten Frischluft näherte.

Die erste Gittertür fand er unverschlossen, sie quietschte verdächtig, oh – je, würden sie es hören?

Die erste Hürde war überwunden, doch eine zweite Hürde war noch zu überstehen, das eiserne Haupttor am Eingang des Verlieses. Er stapfte weiter in die Höhe.

„Lieber Gott lass mich nicht scheitern", murmelte er, und fürchtete den Augenblick.

Mit aller Kraft stemmte er sich gegen das rostige Ungetüm, sie gab nach und öffnete ihm den Schritt in die Freiheit.

Helle Sonnenstrahlen blendeten ihn, er zwinkerte und schirmte seine Augen ab.

Nun fürchtete er, die Wärter bei einem Würfelspiel vor dem Gemäuer anzutreffen, doch der Platz war leer, mit ein paar langen Sätzen überwand er den freien Platz und gelangte in die schützende Hecke.

Schweißgebadet und erleichtert, zog er die Luft ein und spähte durch die Büsche, seine Knie zitterten und sein Puls raste, kein Mensch war zu sehen.

Er musste sich nun schnellstens entfernen,

Abstand gewinnen und untertauchen, um sich im nahen Wald zu verbergen.

Es war keine Nachlässigkeit, noch ein Zufall, dass alle Gittertore sich öffnen ließen.

Nicht etwa das schlechte Gewissen von ihr war es, was sie veranlasst hatte, ihm die Flucht aus dem Kerker zu ermöglichen, vielmehr war es die Furcht mit einem Bann verflucht und somit womöglich ihre Macht verlustig zu sein. Diese Aussicht war ihr unerträglich.

So blieb ihr nur, ihn zu befreien, er musste aus ihrem Leben verschwinden, notfalls würde sie ihn töten müssen!

Ein Spielzeug weniger konnte sie verkraften, wenngleich er sie auf unerklärliche Weise, besonders erregte.

Ein Mann von Welt, so ganz anders als die untertänigen groben Kerle hier.

Allein schob sie ächzend vor Anstrengung die schweren Riegel auf, sodann entfernte sie sich eiligst von dem düsteren Gemäuer, um nicht mit dem Ausbruch der Gefangenen in Verbindung gebracht zu werden, denn im Grunde scherte sie das Schicksal der Gefangenen herzlich wenig.

Von Unruhe getrieben, suchte sie ihre Truppe auf und kommandierte die ganze Kompanie auf den

großen Exerzierplatz, hinter dem Dorf.
Wenn es doch bald nur dunkel würde, so könnte er
im Schutz der Dunkelheit unbemerkt seinen Weg
zu dem Berge und der rettenden Höhle wagen.
Dann hat dieser Albtraum endlich ein Ende.
Doch nein, er konnte und wollte sich nicht so
einfach davonstehlen wie ein Dieb, ohne den Vater
ein letztes Mal aufzusuchen, zudem stank er
entsetzlich nach Fäkalien und Verwesung, ihm
ekelte vor sich selber.
Unschlüssig hockte er in seinem Versteck, doch der
Drang nach Freiheit war stärker, als jede Vorsicht.
Ungeachtet der Gefahren, erneut festgenommen
zu werden, er musste alles in Betracht ziehen,
nahm er dennoch seinen Weg auf.
Bald traf er auf die Dorfbewohner, doch keiner
nahm Notiz von ihm oder behelligte ihn. Sollte er
doch sogleich den schützenden Wald aufsuchen
oder zuerst den Vater? Grübelte er, unschlüssig
und entschied sich zunächst, seinem Erzeuger
einen Besuch abzustatten.
Gedanken verloren schritt er durch das
unwegsame Gelände.
Er gewahrte schon die Hütte des Vaters, zwischen
wilden Ahorn und Schlehenbüschen schimmern.
Da sah er sie stehen, Sie schien durch ihn hindurch
zu sehen, als wäre er nicht vorhanden, sie wollte

sich abwenden, dann besann sie sich jedoch unversehens und trat auf ihn zu.

Doch sie hatte allen Reiz für ihn verloren, geblieben war nur ein übermächtiges Hassgefühl.

„Geh mir aus den Augen du verkommene Schlampe oder glaubst du ich hätte noch einen Blick für dich!" stieß er mit heiserer Stimme verächtlich hervor, wendete sich von ihr ab und ließ sie einfach stehen.

Oh – Mann, hatte er das jetzt wirklich gesagt? Das Blut schoss ihm heiß in die Wangen, als er ohne sich noch einmal umzudrehen, seinen Weg unbeirrt fortsetzte.

Er traf den Vater in Bestform beim Holzhacken an, seine gewaltigen Muskeln spielten unter einer glänzenden Schweißschicht.

„Du verrichtest Sklavenarbeit", begrüßte er ihn spöttisch.

„Ich versuche nur, mich fit zu halten", entgegnete Günter grinsend und hieb das Beil kraftvoll in den Klotz.

„Oh Junge, wie freu ich mich, dich wohlbehalten wiederzusehen, mir ist von deiner Festnahme zu Ohren gekommen, ich habe ihr ins Gewissen geredet, doch sie sagte nur vieldeutig, du hättest das angebrachte Strafmaß erhalten!"

„So, - hat sie das gesagt, das Miststück?"

entgegnete Wolfgang.

„Was ist vorgefallen, dass sie so erbost hat Junge, wolltest du ihr an die Wäsche?, verstehen kann ich das ja!"

„Nein Vater, ich hege keine derartigen Gelüste, sie ist mir zu verdorben, Vater hast du denn noch immer nicht begriffen, dass sie keine Heilige ist", rief Wolfgang eindringlich.

„Nun, eine Heilige mag sie wohl nicht sein, aber ein angenehmer Zeitvertreib ist sie allemal", entgegnete er grinsend.

„Wach endlich auf Vater, wie lange gedenkst du noch deine Zeit mit dieser Hure zu vertrödeln, hast du alles vergessen, was dir immer wichtig war?"

„Ich jedenfalls, werde jetzt gehen in unsere Zeit, mir reicht es, ich habe hier mehr erlebt als mir lieb ist, wie steht es mit dir, willst du hier ewig bleiben?"

„Hm, - nein nicht ewig, wir werden dir bald folgen, wenn sie bereit ist!" murmelte Günter, kaum dass er die Lippen bewegte.

Wolfgang wusste später nicht mehr, ob er diese Worte wirklich vernommen hatte.

„Dir ist nicht zu helfen Alter", brummte er resigniert und wendete sich schulterzuckend ab, „was soll ich deiner Carla sagen, wenn ich sie sehe?", startete er einen letzten Versuch.

„Meine Carla?, aber sie ist doch hier, ich verstehe nicht recht"...

„Sie ist tot - Mann – hier gibt es sie nicht mehr, begreifst du das denn nicht", donnerte Wolfgang am Rande seiner Beherrschung.

„Dann wirst auch du sie nicht mehr sehen, wenn sie nicht mehr unter den Lebenden weilt", erwiderte Günter dümmlich.

„Und wenn ich sie finde, irgendwo in der Zukunft?"

„Dann sag ihr, dass ich sie liebe, für immer!"

„Wie – was faselst du da, du liebst sie und treibst es mit einer Anderen, du Scheusal, willst du mich verspotten,- in Wahrheit hast du sie doch längst vergessen!"

„Nein, denk das nicht, ich habe sie nicht vergessen, nur verdrängt, ich dachte"...

„Schweig, genug der Phrasen, was bist du nur für ein Mann, ich schäme mich für dich, du bist ihrer nicht Wert, wenn du sie nicht mehr willst, so sage es mir ehrlich ins Gesicht oder bist du zu feige?"

„Nun gut, wenn ich sie finden sollte irgendwo, wird sie mit mir gehen, wenn sie von deiner Untreue erfährt, dann wird sie mir gehören, für alle Zeit, für immer und unsere Zeit ist endlos".

„Du dauerst mich schon jetzt, denn es wird dir eines Tages leidtun, doch dann ist es zu spät für dich", fügte er hinzu, und entfernte sich kopfschüttelnd.

„So warte doch, ich werde"…

„Ach, alles nur leeres Geschwätz, das höre ich mir nicht länger an", fiel er ihm ins Wort, ich werde jetzt gehen, vielleicht sehen wir uns wieder, in einem anderen Leben, doch vorerst bist du für mich gestorben!"

„Lebwohl mein Vater, der du immer mein unerreichbares Vorbild warst, nun bist du unerreichbar in deiner Sinnestäuschung gefangen", murmelte er, verschwand hinter den Büschen und entfernte sich mit weitausholenden Schritten.

Ich werde diese Zeit nicht gleich verlassen, dachte er, jetzt habe ich Muße und Zeit, dieses Gebiet mit wachen Sinnen allein zu durchstöbern und meinen Gedanken freien Lauf zu lassen.

Wie würde sich alles verändern in den nächsten 3000 Jahren, was würde noch übrigbleiben, nach solch einer langen Zeit?

Welche Zeit genau heraus zu finden, in der er sich befand, war ihm noch nicht gelungen.

Er nahm alles in sich auf, um später Vergleiche anstellen zu können.

Mit neuerwachtem Interesse, betrachtete er die primitiven Hütten, sowie das hölzerne Langhaus, bestaunte den Prachtbau, das Gästehaus von Palisaden umgeben, das ein friedliches Idyll vermuten ließ.

Das Gästehaus in dem er so viele vertraute, lustvolle Wochen mit ihr verbracht.

Er durchmaß den Exerzierplatz, der ihm eigenartig verändert und verlassen erschien.

Er verweilte nachdenklich vor dem Wachturm, der nicht weit vom Berge entfernt, in die Höhe ragte, vielleicht befand sich noch ein winziger Rest, ein Überbleibsel, ein Relikt, gleich einem Zeitzeugen der alten Zeit in der Neuen, den er unwissentlich nicht bemerkt hatte.

Er entsann sich mit Wehmut der spontanen Schäferstunden im Freien, wenn die Lust sie überkam.

So war es das berühmte „Bett im Kornfeld", auch wenn es sich gewiss nicht um Korn handelte, in dem sie sich vergnügten.

Doch das war nur Sex mit einer gewöhnlichen, einer Nymphomanin, die glaubte die Herrin der Welt zu sein, redete er sich ein, ein herzloses Wesen, keine vollwertige Partnerin für ihn.

Die Suche nach der echten Carla, übermannte ihn.

Gleich morgen würde er mit der Suche nach ihr

beginnen, doch wo sollte er als erstes nach ihr Ausschau halten?

Wie anders war sie doch im Gegensatz zu ihr. Eine wahre Dame. Stets in schlichter Eleganz gekleidet, ein Hauch von Noblesse und Raffinesse, der sie umgab, ein Flair des Außergewöhnlichen. Nicht das sie nur ihn so beeindruckte, denn alle Männer wendeten die Köpfe und schauten ihr begehrlich, sinnend hinterher. Doch auch mit Schürze und schwarzen erdigen Fingern und wirrem sich lösendem Haar, war sie ein reizender Anblick.

Oh – ja, sie war schon eine besondere Frau, die zu erobern sich lohnte, er musste sie finden!

Stunden waren vergangen, während seiner Tour durch das Gebiet, in dem er viele - viele Jahrhunderte später das Licht der Welt erblicken würde.

Es war ein erhabenes nicht zu beschreibendes Gefühl, dieses Gelände, so lange vorher zu durchforschen. Ihn wunderte das er von keinem Menschen beachtet wurde, denn keiner der Dorfbewohner nahm Notiz von dem einsamen Wanderer.

Er war sich der Gefahr in der er sich befand, wohl bewusst, doch wo waren die Soldaten?

Merkwürdiger Weise fühlte er sich nur noch als Gast, seine Zeit hier war abgelaufen, nie mehr würde er das Haus seiner einstigen Geliebten betreten.

Ein letztes Mal verweilte er sinnend vor dem imposanten Prachtbau und schaute die Fassade empor, einen Moment glaubte er, sie hinter einem der kleinen Fenster zu sehen.

Nur keine Melancholie aufkommen lassen, dachte er, straffte sich und ging mit festen Schritten zielstrebig dem Berg entgegen.

Es muss ja nicht alles vorbei sein, ich kann ja jederzeit wieder zurückkommen, auf einen kurzen Trip, er musste doch gelegentlich den Vater besuchen.

Doch schon am nächsten Tag, als ihn der gewohnte Alltagstrott wiederaufgenommen hatte, dünkte ihn alles nur noch wie ein Traum, oder war es nur ein Traum?

Jedoch das Haus des Vaters war leer und verweist.

Es gab keinen mehr mit dem er sich austauschen konnte und ernsthafte Gespräche führen konnte, keiner der ihm mit Witz und Esprit entgegentrat.

Jonny empfing ihn mürrisch und mit Unverständnis, als er ihn ohne seinen Herrn kommen sah.

„Warum kommt ihr allein, was ist dem Grafen

zugestoßen?

„Die Frau ist es, die ihn nicht aus ihren Fängen lässt, du musst mit mir Vorlieb nehmen -alter Junge", entgegnete Wolfgang abwinkend. -
Doch zunächst drängte es ihn, nach gewissen Spuren der Vergangenheit zu suchen. Es muss doch mit dem Teufel zugehen, wenn er nicht einen winzigen Überrest der alten Zeit wiederfinden sollte. Hoffnungsvoll machte er sich auf den Weg, durchstreifte akribisch das Umfeld. Als Anhaltspunkt begann er die Entfernung abzumessen, die sich niemals verändern würde, und tatsächlich fand er einen zu gewucherten Steinhaufen in der Feldmark, nicht weit von seinem Elternhaus entfernt, an dem er als Kind gespielt hatte, welchen er jetzt als den einstigen Wehrturm ausmachte.

In seinem neuerwachten Eifer, nun auch noch Relikte des imposanten Hauses ausfindig zu machen, durchstöberte er den nahen Wald und entdeckte wahrhaftig weitere Anhäufungen, überwachsen von Unkraut und Gebüsch.

Hier musste es sein, frohlockte er, hier ist es
gewesen, das Haus, oh Gott, so ist es also wahr
und kein Traum. Jetzt sah er das gesamte
Territorium mit anderen Augen.
Nun muss ich sie nur noch suchen, die echte Carla
und ich werde sie finden.
Doch es sollte noch einige Zeit vergehen.
Er hatte seine Arbeit, seinen Dienst an den
Kranken arg vernachlässigt, durch die Monate
seiner Abwesenheit und konnte es nur mit einer
heimtückischen Epidemie, seinen Patienten
erklären, einer Seuche die ihn befallen hatte, ja
einer Seuche, von der er sich geheilt glaubte.
So vergrub er sich gänzlich in seine Arbeit, die
Heilung seiner zahlreichen Patienten, alles andere
rückte vorerst in weite Fernen.
Auch Günter drängte der Gedanke, noch einmal

nach dem Rechten zu sehen. So würde er nur mal kurz auf Stippvisite in seine eigene Zeit springen! Sah er doch keinen Anlass, gänzlich zurückzukehren und seine Liebste hier allein zurückzulassen, denn er hatte all seine übermächtigen Emotionen total an das Double verschwendet, noch immer war er vom Verlangen nach ihr besessen. In seinem wirren Geist waren beide Personen zu „Einer" verschmolzen, auf die sich seine überquellende Liebe häufte.

Nein er würde sie nie verlassen können, was immer der Junge ihr vorwarf, konnte ihn nicht von seinem Weg abbringen.

Er merkte nicht wie wurmstichig und seicht ihre Beziehungen längst ausgeartet war.

Auch wenn das Leben hier bisweilen recht primitiv und mühselig war, was wusste der Grünschnabel schon von wahren Gefühlen, wechselte er doch seine Liebschaften, wie gebrauchte Hemden.

Bis heute hatte er nicht die Einzige, die Richtige gefunden, nun ja, er selbst hatte auch recht lange gebraucht, bis er seine süße Carla gefunden.

Nie würde er die Faszination ihres Anblicks vergesse,n als er sie zum ersten Mal gesehen und Augenblicklich gewusst hatte, dass sie es war auf die er schon so lange gewartet.

Die Frau, die einzig für ihn bestimmt und noch heute sein Herz Freudentänze aufführen ließ, wenn er sie kommen sah.

Seine Sonne, sein Schicksal, sein Leben bis zum Ende der Zeit.

Wolfgang hatte mal wieder einen langen, ermüdenden Tag hinter sich gebracht. Erschöpft und genervt, schloss er die Tür, heute würde er sich einen Abend in angenehmer Gesellschaft, im Schloss seiner Verwandten bei Musik und Tanz gönnen.

Nach einem belebenen Bad, stieg er beschwingt in den Rolls Royce des Vaters, der nun ihm gehörte. Heute ist das Fest der Feste, das Erntedankfest, welches er nicht zu versäumen gedachte, er würde im Schloss übernachten und alle Annehmlichkeiten genießen.

Der Cousin, der derzeitige Landgraf Otto, empfing ihn überschwänglich mit den Worten: „Junge, wir haben dich vermisst, du hast uns sträflich vernachlässigt, wo hast du dich nur solange herum getrieben".

„Ach - mich hatte eine heimtückische Krankheit befallen, nun bin ich wieder voll genesen!"

Er umschmeichelte die jungen Komtessen, lockerte seine Verspannungen mit ein paar Tänzchen.

Umgarnte die festlich herausgeputzten Bauernmädels mit seinem Charme.

Doch auch die anmutigsten Dorfschönen, noch der

süffige Cherry, konnten die Leere in seiner Seele ausfüllen, keine beflügelte ihn wie - Sie -.

Noch in der Nacht im Schloss, setzte sich der Gedanke und der unbändige Wunsch in ihm fest, das Schloss im Jahre 2040 aufzusuchen, in die Zeit, welche er dort mit ihr verbrachte, eintauchen, oh wie verliebt er damals war, bis…

Wenn es nicht mit dem Teufel zuging, müsste er sie dort antreffen!

Ungeduldig fieberte er dem Tag entgegen, hastig warf er einige Kleidungsstücke in seine Reisetasche und begab sich am folgenden Tag auf den Weg, in dem Bestreben, keine Zeit mehr zu verlieren.

Er passierte den Zeitkanal und befand sich umgehend in der neuen Zeit. Eine kurze Fahrt mit dem Taxi und das Schloss der Neuzeit tauchte vor ihm auf.

Eine wilde Entschlossenheit hatte Besitz von ihm ergriffen, aufgeregt wie ein Schulbub, hüpfte er die Treppe zum Portal hinauf und eilte grußlos am Portier vorbei, die marmorne Freitreppe empor zu ihren Gemächern.

Doch seine Ephorie wandelte sich in Enttäuschung, als er die Räume leer vorfand.

Noch ist nicht alles verloren, er wählte eine andere Zeit, 10 Jahre später, entschlossen legte er den gleichen Weg zurück.

Wieder erfüllte ihn dieses unbeschreibliche Glücksgefühl, als er das Schloss erneut betrat und die Treppe hinauf stolperte.

Das Herz klopfte ihm bis zum Halse, als er hinter der Tür ihres Zimmers leichte Schritte vernahm. In unbändiger Freude stieß er die Tür auf, er glaubte sein Herz würde zerspringen, als er sie sah. Sie war es, die echte Carla! Ergriffen von ihrem Anblick, stockte ihm der Atem.

Ein staunendes, zaghaftes Lächeln, nicht aufreizend und herausfordernd anzüglich, sondern scheu wie ein verlassenes Kind. Sie war nicht nur unglaublich schön, sie hatte eine Seele, strahlte Leben, doch auch eine rührende Hilflosigkeit aus, wie sie so verloren dastand.

Ein erstorben geglaubtes, warmes Gefühl, breitete sich in ihm aus.

Wie immer hatten sich ein paar vorwitzige Löckchen aus ihrer Frisur gelöst, unglaublich reizend anzuschauen.

Wie früher immer, überkam ihn der unbändige Wunsch, sie beschützen und erobern zu müssen. Ihre Augen weiteten sich und füllten sich mit Tränen.

„Oh Wolfgang - ich warte so - lange schon, wo ist er, warum kommst du allein?"

„Ich hatte ein ungutes Gefühl, ein schreckliches

Unheil könnte geschehen sein", murmelte ich, in grausiger Vorahnung.

Heftig nickend bestätigte er meine Worte.

„Deine Ahnung hat dich nicht getäuscht, denn du wirst ihn nicht wiedersehen, nicht in diesem Leben!"

„Oh liebster Wolfgang, so sag mir doch, was so Fürchterliches geschehen ist, ist er umgekommen in der alten Zeit, lebt er nicht mehr?", brachte ich stockend hervor, gefasst auf die niederschmetternde Antwort, doch mit dieser Antwort hatte ich nicht gerechnet.

„Er hat eine Andere, dich will er nicht mehr!" eröffnete er mir brutal.

Mir war, als verlöre ich den Boden unter den Füßen, eine eiskalte Hand griff nach meinem Herzen.

„Was sagst du da?, aber warum, - wie konnte das geschehen?" schluchzte ich erschüttert, „er hat doch nie eine andere angeschaut!"

„Nun, - jetzt ist es geschehen, er ist völlig besessen von ihr, hat den Verstand verloren, du musst dich damit abfinden, liebste Carla".

„Wie sieht sie aus, wie ist sie?" stammelte ich, in Tränen aufgelöst.

„Sie sieht genauso aus wie du, er glaubt in seiner Verblendung, du bist es, obgleich sie ganz anders ist als du, sie ist ein verwerfliches Luder, betörend zwar, doch herzlos, egoistisch, überheblich und schamlos,".

„Sie nimmt sich was sie will, sie glaubt sogar, die Herrin der Welt zu sein, du hast sie gesehen, nur einen kurzen Moment, erinnerst du dich nicht, bevor es dich niedergerafft hat, musst du sie doch gesehen haben".

„Ja ich entsinne mich schwach, doch ich dachte später, es war nur ein Traum, denn danach gab es nichts mehr, nur bodenlose Schwärze!"

„Aber sie kann keine Tochter von mir sein", fuhr ich fort, „denn von denen gleicht mir keine!"

„Es handelt sich in dem Fall um keine klassische Biologie", belehrte mich Wolfgang kopfschüttelt.

„Was meinst du, alles Leben ist doch biologisch", warf ich ein.

„Ich denke da eher an Retorten und künstliche Befruchtung, ohne Mutterschoß, obgleich ich keinen Schimmer habe, wie genau er es angestellt hat".

„Das wird ja immer mysteriöser, von wem zum Kuckuck redest du?"

„Na von dem blonden Dandy Justin, deinem hartnäckigen Verehrer, der dir ewig hinterhergeschlichen ist und nie bei dir landen konnte!"

„Na ja, ein paar Mal hast du ihn wohl erhört, doch es war nie von Dauer und hat immer ein böses Ende genommen".

„Den Justin meinst du, na ja, der hat mit viel List und Tücke, alles versucht, doch es ging nie gut aus, wir waren nicht für einander bestimmt, nun geht mir ein Licht auf, ich beginne zu verstehen!"

„Du wirst verstehen, wenn du alles weist, liebe Carla, ihm war schon vieles gelungen", sprach Wolfgang weiter.

„Abgesehen von dem Verkabeln der Erde mit dem All, hatte er jetzt die Sensation geschaffen, einen künstlichen Menschen, nach dem Vorbild seiner heimlichen Geliebten, nach dir, ein vollkommendes Ebenbild deines Körpers mit vermeidlicher Unsterblichkeit, zum Leben zu erwecken!"

„Ein Wesen aus Fleisch und Blut, allein ihn zu ergötzen, so hat er sein eigenes Geschöpf herangezüchtet".

„Oh ja, er wusste mit der Retorte umzugehen, er war nicht nur ein findiges Kerlchen, sondern ein begnadetes Superhirn!"

„Oh Wolfgang, was du mir da ausbreitest, ist so unglaublich, so ungeheuerlich das ich… oh wie konnte das alles geschehen".

„Ich verstehe noch immer nicht, - wie konnte Günter Sie mit mir messen - gleichstellen und Sie mir vorziehen!" schluchzte ich aufgewühlt und zutiefst erschüttert.

Intuitiv, flüchtete ich mich in seine Arme. Die Welt hatte aufgehört sich zu drehen.

Vor Ergriffenheit, sie schutzsuchend in seinen Armen zu spüren, musste er selbst einen Schluchzer unterdrücken. Seine Hände begannen automatisch, sie zu streicheln, jetzt gab es keinen mehr, der sie ihm fortnehmen konnte.

Vor Verzweiflung und Erschöpfung, weinte sie sich an seiner Brust in einen betäubenden Schlummer. Er wiegte sie in einen Armen wie ein kostbares Kleinod.

Als sie eingeschlafen war, bettete er sie auf die Couch, bedeckte sie mit einer Decke und zaghaften Küssen.

Endlich war seine Zeit gekommen, die Zeit würde ihren Kummer schwächen und heilen, er musste nur geduldig warten, dachte er und streckte sich behaglich neben ihr aus.

Ein irres Glücksgefühl, sie endlich bei sich zu haben, erfüllte ihn.

War das seine Welt, in der es von Geistern,
Wehrwölfen, Dämonen, Unholden und Untoten
nur so wimmelte, wie konnte er sich künftighin,
ernsthaft in dieser Zeit des Aberglaubens der
Unwissenden zurechtfinden.
Wie sollte er sich verhalten, wenn die Gespräche
seiner Mitmenschen, sich ausschließlich um
Geister drehten.
Sie konnten sich vieles nicht erklären, suchten
nach den Ursachen und fanden sie schließlich in
Hexen, Teufeln, Kobolden und Vampiren einer
überirdischen Macht, die stärker waren, als alles
Irdische.

Wolfgang war gegangen.
Sein einziger noch lebender Sohn, hatte ihm den
Rücken gekehrt, doch er war nicht imstande ihm zu
folgen, konnte nicht über seinen eigenen Schatten
springen.
Er grübelte, was der Junge ihm verständlich zu
machen versuchte. In seinem Hirn lief alles
durcheinander, sollte es tatsächlich noch eine
andere geben, nämlich die echte Carla, die er
angeblich vergessen hatte!
Er entsann sich vage der endlosen Gespräche am

Anfang dieser Zeit. Die Rede war auch von Justin, der seine Finger mit im Spiel gehabt haben sollte. Der alte Halunke, der hat schon immer meiner Kleinen nachgestellt, doch was hatte er hier zu schaffen?

Wenn er sich doch besser an die Worte von Wolfgang erinnern könnte, doch er hatte alles, was ihn widerstrebte verdrängt und nicht wahrhaben wollten, ihm mangelte es an klarem Denkvermögen.

War er bekifft, unter Drogen gesetzt, versuchte sie ihn täglich mit einem belebenden Getränk, wie sie es nannte, zu benebeln?

War das etwa der Schlüssel, der Grund für seine Abhängigkeit von ihr?

Ab morgen würde er den Trank, den sie ihm kredenzte, verschmähen, sie würde es gar nicht bemerken, in ihrer ewigen Gier nach seinem Körper.

Wo war sie nur den lieben langen Tag, früher war sie immer an seiner Seite, Sie, für die sein Herz überquoll vor Liebe.

Oder war das die andere Carla, sollte es tatsächlich zwei Ausführungen von ihr geben? Die ersten Bedenken und Zweifel erwachten in ihm.

Von Stund an mied er, die von ihr gebotenen Getränke.

Drei Tage später schon, setzten seine Erinnerungen wieder ein. Er entsann sich der abweisenden Haltung von Jonny, der ihm in ungewohnter Weise ins Gewissen redete.

Ach der gute alte Jonny, wie sehr er ihn vermisste, warum war er nicht bei ihm, ist er nicht immer, schon seit seiner Kindheit, sein treuergebener Diener gewesen?

Auch seine Liebste machte sich rar, ging ihre eigenen Wege, nach den allmorgendlichen Liebesspiel, war kühl und abweisend, wenn er sie begleiten wollte.

Hatte auch sie sich von ihm abgewandt? Das gefiel ihm gar nicht. Er raufte sich nervös die Haare.

Sollte sie tatsächlich nur ein Double von der echten Carla sein? Grübelte er weiter.

„Ihr müsstet euch einmal auf neutralen Boden treffen", hatte der Junge ihm geraten, „dann wirst du erkennen, dass es zwei Personen sind und dich für eine von beiden entscheiden müssen".

Doch es gab ja nur noch „Eine".

Sollte er es wagen? Wer aber war die andere, wenn es sie wirklich gab und sie noch lebte, jetzt wäre er bereit dazu.

Doch die Zeit verging und nichts veränderte sich, seine Unruhe wuchs, bis er endlich den unumstößlichen Entschluss fasste.

Seine Liebste war gegangen, er würde sie erst am Abend wiedersehen.

Heute würde er nicht den Tag mit Krankenbesuchen füllen, heute würde er gehen, in seine Zeit, nach dem Rechten sehen.

Von Ungeduld und freudiger Erwartung getrieben, machte er sich beherzt auf den Weg zu seiner Villa am Berge, in die andere Zeit.

Wie hatte er nur so lange zögern können, würde er Wolfgang und Jonny und vielleicht auch seine wahre Liebste antreffen?

Jonny, der seit ewigen Zeiten sein Grundstück hütete, undenkbar ihn dort nicht vorzufinden.

Plötzlich konnte er es kaum noch erwarten, seine Lieben und sein Anwesen wiederzusehen.

Eine übermächtige Freude erfüllte ihn, als er den Hang erstieg. Urplötzlich erinnerte er sich ganz deutlich an den ersten Tag mit ihr, an den Moment, als er sie sah, allein vor der Höhle stehend, von ergriffener Schönheit, in ungläubigen staunen versunken.

Ihr Anblick warf ihn um, er entsann sich dieses prickelnden Gefühls, gleich abzuheben und fliegen zu können.

Alles fiel ihm wieder ein, der Glückstaumel, endlich seine Traumfrau gefunden zu haben.

Nie würde er den Augenblick vergessen, als er sie

in sein Haus führte und sie wahrhaftig in seiner Küche sitzen sah.

Damals fürchtete er, sie könnte sich auflösen, wenn er sie auch nur einen Moment aus den Augen ließ.

Nun, sie löste sich nicht auf und blieb von dem Tag an, in inniger Liebe verbunden, wohl an die 200 Jahre waren seine starken Gefühle nicht verblasst.

Er betete sie an, war immer bereit alles für sie zu opfern, ihr immer und immer wieder alles zu verzeihen.

Denn sie saß am längeren Hebel. Wenn er nicht vor Kummer leiden wollte in grausamer Seelenpein, musste er ihr wieder und wieder verzeihen.

Doch er bereute es nie, schenkte sie ihm doch so viel Glücksmomente, Jahr um Jahr, ein unendliches Leben lang, ihre Liebe sollte ewig dauern und nun dieses Debakel.

Nun war seine Glückssträhne zu Ende, denn sie würde ihm nicht verzeihen.

Ein Gefühl des unwiederbringlichen Verlustes, schnürte ihm schmerzhaft den Magen ein.

Er passierte den Zeitkanal und eilte in freudiger Erwartung den Berg hinab, wieviel Glück pur hatte dieses Haus, zu dem es ihn zog, schon gesehen.

Doch er fand das Haus verweist und verlassen,

keine Blumen schmückten die Fenster und die Tische, stattdessen bedeckte eine dicke Staubschicht die Möbel.

Alle haben mich verlassen, dachte er grimmig, als er sich niedergeschlagen auf die Suche nach seinem treuergebenen Diener machte.

Er traf ihn schließlich bei den Pferden an.

Jonny, der ihm stets mit einem munteren Augenzwinkern entgegentrat, begegnete ihm mit reservierter Zurückhaltung.

Er meinte gar so etwas wie Feindseligkeit in seiner Miene zu lesen.

„Oh, - der Herr lässt sich auch mal wieder blicken, er hat sich viel Zeit gelassen, vernachlässigt seinen Dienst, verschmäht Haus und Hof und führt stattdessen ein Lotterleben wie ein Herumtreiber", brach es aus ihm heraus.

„Ich freue mich auch dich zu sehen, alter Junge", entgegnete Günter verdattert.

„Hey Kumpel, warum so trübsinnig, lass uns ein Fass aufmachen und auf meine Heimkehr anstoßen, dann kannst du mir alles berichten, wie kommt es, das du hier allein herumwurstelst, wo ist Wolfgang und aeh"...

„Wolfgang ist schon vor vielen Wochen verschwunden und aeh, - junger Herr, seid ihr nun endlich zur Besinnung gekommen, oder ist das nur ein kurzer Abstecher aus Langeweile".

„Hm, ich weis nicht so recht, es ist nicht so verlockend für mich, allein hier zu hausen"!

„Es liegt allein in eurer Hand Herr, die Dinge im Hause wieder zu ordnen", wetterte der stets so sanfte Diener.

„Ach Jonny, was kann ich denn schon tun, wie soll ich diese verfahrene Situation, dieses Schlamassel wieder in Ordnung bringen?"

„Ich rate euch, keine Zeit mehr zu verlieren, aber ich fürchte es ist bereits schon zu spät, reitet umgehend zum Schloss, dann werdet ihr sehen, ob noch was zu retten ist!"

„Aber ich verstehe nicht Jonny, du sprichst in Rätseln, was hat das Schloss mit meiner verfahrenen Situation zu tun?"

„Fragt nicht lange, eilt euch Herr, ich werde gleich euren Hengst satteln".

„Lass nur Jonny, wenn es so eilig ist, ziehe ich es vor mein Auto zu nehmen".

„Nehmt besser das Pferd, euer Rolls Roys, sorgt für zu viel Aufsehen, das wäre in diesem Falle nicht angebracht, es könnte euch zum Nachteil gelangen!"

Wolfgangs Geduld und unermüdliches Werben trug schließlich Früchte, nach hartnäckigen Überredungskünsten, war es ihm gelungen, sie zu überzeugen was das Beste für sie sei.

„So viel Zeit ist sinnlos vergangen", klagte Wolfgang, „noch immer hältst du mich hin, worauf wartest du noch, schon dreimal habe ich dir einen Antrag gemacht und immer hast du mich vertröstet!"

„Ich würde ja gerne mit dir zum Traualtar gehen, lieber Wolfgang, aber ich kann ihn nicht vergessen!"

„Dein Warten ist sinnlos, er hat dich längst vergessen", erwiderte Wolfgang genervt, „so frage ich dich ein letztes Mal, willst du mit mir den Bund der Ehe eingehen? … wenn nicht, werde auch ich dich verlassen!"

„Komm mein Liebes, fass dir ein Herz und lass uns endlich das Aufgebot im Rathaus bestellen, wir werden im Schloss, um 1899 unsere Hochzeit feiern".

„Nun ja, so sei es denn, so lassen wir die Hochzeitsglocken in der alten Schlosskirche läuten", bekräftigte ich, zaghaft lächelnd.

Wir saßen am Strand des Sees, wo wir einem heißen Sommertag, geschützt an einem schattigen Plätzchen am erfrischende Wasser verbrachten.

Ich lehnte in seinem Arm, von hundert Gedanken und Zweifeln gepeinigt. Viele unverständliche Dinge schwirrten noch in meinem Kopf herum. Ich entsann mich schwach, das ich einstmals glaubte mich selbst zu sehen, in einem verzerrten Zauberspiegel, wie in einem verwirrenden Fiebertraum, kaum bekleidet, mit gelöstem Haar. „Niemals würde ich mich so zeigen, so schamlos, wie kann es sein", dachte ich laut, „wie kann sie so aussehen wie ich? sag es mir Wolfgang!" „Nun, sie ist - du! wie soll ich es anders ausdrücken, denn sie ist aus deinen Genen entstanden, wie immer er es bewerkstelligt hat, sie selbst nennt sich die Frühlingsgöttin".

„Soll das heißen, sie ist ein Teil von mir, aber du hast gesagt, sie wäre unsterblich, wie kann das sein?"

„Doch wie kann sie die Frühlingsgöttin oder die der Fruchtbarkeit sein, dann schon eher Iduna, die Göttin der ewigen Jugend."

„Wenn sie unsterblich ist, dann ist sie einer Göttin gleich, denn dann ist sie tatsächlich die Herrin der Welt und ich habe keine Chance neben ihr!"

„Das muss nicht zwingend so sein Schätzchen, was wissen wir denn schon, ob es wirklich so ist, zudem wirst du ihr nie begegnen oder beabsichtigst du noch einen Versuch zu starten und diese alte Zeit zu betreten?, bedenke, das kann dein Ende bedeuten!"

„Ja irgendwann, später, denn ich werde keine Ruhe finden, ich muss sie nur einmal noch sehen, mit ihr reden, denkt und fühlt sie auch wie ich?"

„Um Himmelswillen, das darfst du auf keinen Fall wagen, das könnte fatale Folgen für dich haben", unterbrach Wolfgang meinen Redestrom.

„Ihr könnt nicht aufeinandertreffen, euch darf es nicht zweimal in der gleichen Zeit geben, weißt du das denn nicht?"

„Hast du vergessen, was mit mir damals geschehen ist, als ich so leichtsinnig und unvernünftig war, ich möchte dich nicht verlieren an sie, die es nicht wert ist, denn wisse, sie ist keineswegs wie du, sie ist durchtrieben und hinterhältig, egoistisch und unberechenbar".

„Ah - ja, du kennst sie sehr gut, wie mir scheint, gab es da etwa ein Techtelmechtel zwischen euch?"

„Ich muss gestehen, sie hat alle Register gezogen, mich zu betören, aber ich habe ihr widerstanden!"

„So, so, - du konntest ihr also widerstehen, obgleich sie mein Ebenbild ist?"

„Ja ich habe sie schnell durchschaut und mich stattdessen auf die Suche nach dir begeben, im Gegensatz zu meinem Vater, wäre ich sonst hier?"

„Was weis ich denn, vielleicht hat sie dich abgewiesen", entgegnete ich lachend und drückte ihm einen Kuss auf die Wange, vermutlich ist sie eine Hybride, bist du sicher, dass sie einen Schatten wirft?" ergänzte ich kichernd.

„Auch ich werde bald keinen Schatten mehr werfen, wenn wir nicht unverzüglich zum Essen gehen".

„Bleib noch ein bisschen in meinem Arm, deine Nähe macht mich high".

„Ich lauf dir nicht fort, ich werde mein Wort halten und dir folgen, wohin auch immer du mich führst!"

„So ist es recht mein Herzchen, bald kann uns

nichts mehr trennen, dann bist du Mein, für alle Zeiten", murmelte er und drückte mich zärtlich an sich.

Ich hatte mich an ihn gewöhnt, glich er doch seinem Vater, meinem einzigen Liebsten, der mich nicht mehr wollte, mich offenbar vergessen hatte, beinahe wie ein Zwilling, doch er war es nicht. Ich musste mich abfinden mit einer Zweiausgabe des Originals, war er auch umgänglicher, ebenso witzig und charmant, so schlug mein Herz dennoch für den anderen.

Es ist nicht aller Tage Abend, tröstete ich mich, wenn nicht jetzt, so doch in einem anderen Leben, die Zeit wird es bringen. Gleichwohl wollte ich nicht allein sein, die unerträglichen Monate des Wartens und Hoffens saßen mir noch in den Gliedern.

Nach einem Abstecher in das große Einkaufscenter, begaben wir uns in die Zeit 1899. Ich staunte wie schnell und sorgsam, eine feudale Hochzeitsfeier dort von den gräflichen Verwandten organisiert und ausgerichtet wurde.

Mir war es fast zu schnell, doch so blieb mir keine Muße zum Grübeln, den falschen Schritt zu gehen.

Die Zeit verging wie im Fluge, mit Anprobe und dem Eintrichtern des üblichen Zeremoniells.

Oft gähnte ich gelangweilt, denn das war beileibe nicht meine erste Eheschließung, unter dem Dach des Schlosses, die Gewohnheiten hatten sich auch nach 30 Jahren nicht verändert.
Der große Tag brach an.
Ein sonniger Herbstmorgen nahm mich auf, als ich in meinem, mit weißen Spitzen und Rüschen - besetzten Gewand ins Freie trat, geführt von Otto dem Landgrafen.
An seiner Seite schritt ich die wenigen Meter zur Dorfkirche, als die Glocken erklangen.
Es sollte der schönste, glücklichste Tag im Leben einer Braut sein, doch ich war nicht glücklich.
Der falsche Mann erwartete mich freudestrahlend vor dem Altar. So sei es denn, ich werde es überstehen, wie trügerisch und heuchlerisch die Zeremonie, die ich ergeben überstand.
Wieder ertönten die Glocken, wuchsen zu einem ohrenbetäubenden Dröhnen, doch sie erschienen mir wie Spottgesang, als ich am Arm meines neuen Gatten durch ein Spalier von unzähligen Gaffern, den Rückweg zum Schloss antrat.
Einen kurzen Moment glaubte ich gar, meinen Liebsten unter dem jubelnden Dorf-Volk zu sehen.
Doch das war wohl nur Wunschdenken, eine Illusion.   Ich lächelte wie erwartet in die Menge und vergaß die Sinnestäuschung sogleich wieder.

Günter hatte sich überreden lassen, das Schloss aufzusuchen. Obgleich er nicht wusste was ihn dort erwarten würde, jagte er auf dem Rücken seines edlen Hengstes durch die Dörfer und fand den Ort vor dem Schloss in heller Aufregung. Unzählige Menschen säumten die Straße, stießen und drängten sich um die besten Plätze. Was war der Anlass, was wurde hier geboten? Eine Hochzeit? Sollte die kleine Komtess schon flügge sein?

Er reihte sich in die Menge der Wartenden, besann sich jedoch und hielt sich eher im Hintergrund, von seinem Pferd aus, konnte er alles bestens überblicken.

Als die Glocken erklangen und das Brautpaar aus der Kirche ins Freie trat, glaubte er seinen Augen nicht zu trauen, denn nicht die Komtess war es, die sich seinen Blicken bot, nein, - Sie - war es, seine Liebste.

Ihm stockte der Atem, als die Braut den traditionellen Hochzeitskuss entgegennahm.

Ihre Augen waren wie unendliche Seen, voller Leben, Qual und Leidenschaft, sie drückten so viele

Emotionen aus, hatten so viel schon erlebt und gesehen mit mir, an meiner Seite, was haben wir schon alles gemeinsam durchgestanden, zu mir gehört sie, dachte er verzweifelt.

Es drängte ihn unwiderstehlich, sie von dem Kerl, der sein Sohn war, fort zu zerren und in seine Arme zu reißen.

Er konnte den Anblick nicht länger ertragen, glaubte zu versinken, in ein tiefes Loch zu stürzen. Erschüttert starrte er ihnen entgegen. Oh Gott, warum musst du mich so strafen, was kann es schlimmeres geben, als seine Liebste mit dem eigenen Sohn gehen zu sehen.

Aber sie kann ihn nicht heiraten, sie ist mit mir verbunden, war sie doch stets Quell und Sinn, Sonne meines Lebens.

Der Schmerz drohte ihn zu erdrücken, das Herz war ihm herausgerissen, er umklammerte den Hals seines Pferdes, barg sein Gesicht in seiner weichen Mähne.

Ein unartikuliertes Stöhnen entrang sich seiner Kehle, mit aller Macht traf ihn die Erkenntnis, etwas kostbares, Unwiederbringliches verloren zu haben.

Niemand beachtete den einsamen Reiter, der wutschnaubend das Weite suchte.

Das war es also, wozu mich Jonny zur Eile

angetrieben hatte, doch er war zu spät gekommen.
Sie - nur -Sie- war die Frau die er liebte, mit allen
Fasern seines Herzens, wie konnte er so blind sein,
wie konnte er den Anblick länger ertragen ohne
Wahnsinnig zu werden.
Wie von tausend Teufeln gehetzt, jagte er durch
die Dörfer zurück um den Zeitkanal zu passieren,
die alte Zeit würde ihn gnädig aufnehmen und
seinen Kummer vergessen lassen, dort gab es ja
noch die Andere, in deren Armen er Ersatz und
Erfüllung finden würde.
Doch nichts würde mehr so sein, wie es mal war,
das Wissen, in Zukunft nur mit einer fragilen Kopie,
sein Dasein zu fristen, würde seine Lebensfreude
erheblich schmälern und Frust aufkommen lassen.
Er würde sie von Stund an mit anderen Augen
sehen, nicht mehr als vollwertige Partnerin, die sie
ja niemals war, denn er entsann sich nicht, jemals
tiefgreifende Gespräche mit ihr geführt zu haben.
Nun ja, sie war überaus reizend, erotisch, sinnlich
und...
Aber auf Dauer gesehen nicht die Erfüllung seiner
Wünsche.
Doch immer war sie bereit zum Sex, wie eine
Liebesmaschine, nun erschien sie ihm unwirklich,
grotesk wie eine üble Satire, wurde ihm schlagartig
bewusst.

Doch was blieb ihm jetzt noch anderes, er würde zurück gehen zu ihr, doch nie mehr konnte es wie früher sein, dachte er, nachdem er „Sie", die Einzige, gesehen hatte.

Ohne sie habe ich nicht wirklich gelebt, nichts Sinnvolles getan, außer wie ein Rammler mich blöd zu vögeln. Tagaus, Tagein, morgens, abends und nachts und gelegentlich auch noch am lichten Tag unterwegs auf den Wiesen und zwischen den Büschen.

Nein das war kein erfülltes Leben, doch zugegeben, ein angenehmer Zeitvertreib, wenn man den Tag in seligem Rausch vertrödelt.

Wenn erst einmal Gras über die Angelegenheit gewachsen war, die Enttäuschung und sein Kummer nicht mehr so erdrückend, dann konnte er sich vielleicht überwinden und einen neuen Versuch in die neue Zeit wagen.

Er trat aus der Höhle, stapfte in die alte Zeit.

Doch er war aufgewacht, alles war plötzlich anders, die Sonne war erloschen, die Vögel sangen nicht mehr.

Ein Gefühl der unendlichen Leere breitete sich in ihm aus. Er war gestorben, wandelte ohne Seele.

Fünf Tage ließen wir uns auf dem Schloss
verwöhnen.

Die muntere Gesellschaft und der stete Trubel des
großen Haushaltes, taten mir gut und ließen mich
meinen Kummer, um das verlorene Glück
vergessen, bevor der Alltag und die Wirklichkeit
mit aller Macht auf mich einstürzten.

Als ich mich unversehens in Günters und meinem
Heim wiederfand, traf mich die Erkenntnis wie ein
Blitz, etwas nicht wiedergutzumachendes getan zu
haben.

Hier hatte ich mit ihm so unendlich viele Jahre auf
Wolken geschwebt, an seiner Seite alles Glück der
Erde erfahren.

Wolfgang war stets das aufsässige Kind, welches es
zu mäßigen und in seine Schranken zu weisen, galt.

Auch noch mit dreißig Jahren, als er schon längst
dem Knabenalter entwachsen war und mir seine
heimlichen Liebe gestand, sah ich in ihm eher den
Sohn, denn einem respektablen Mann.

Unmöglich mich jetzt als seine Gattin zu
betrachten, fand ich immer öfter Ausreden,
meinen ehelichen Pflichten nachzukommen.

War er auch nicht mein leiblicher Sohn, so sah ich

doch in ihm den Jungen, den ich mit aufgezogen hatte.

Nun sollte ich unser Schlafgemach, in dem ich so oft in Günters Armen geträumt hatte, mit „Ihm" teilen.

Er war weis Gott ein stattlicher, imposanter Kerl mit allen männlichen Vorzügen ausgestattet, doch er war der Sohn und würde es immer bleiben. Ungeachtet dessen, war ich nun seine angetraute Ehefrau und hatte mich zu fügen.

Ich kokettierte immer öfter mit dem Gedanken, die alte Zeit noch einmal aufzusuchen, in der ich meinen Liebsten finden würde, nur einmal ihn mit eigenen Augen sehen, ihn und seine Gespielin, die Endgültigkeit erkennen und schweren Herzens akzeptieren, dann wäre ich von meiner unstillbaren Sehnsucht geheilt, glaubte ich.

Wochen und Monate zogen ins Land.
Auch wenn ich mich als treusorgendes Hausmütterchen gab, verlor ich dieses Ziel nicht aus den Augen.
Ich kochte, buk, räumte, bügelt und vergaß mich, unermüdlich in meinem Bestreben die Zeit zu überlisten. Ich gab mich liebenswürdig und spielte meine Rolle.
In unserem gemeinsamen Bestreben, uns Glück

und Harmonie vorzugaukeln, versäumten wir keine
der unzähligen Feierlichkeiten auf dem Schloss.
Ich putzte mich wie erwartet heraus und glänzte
an seiner Seite. Wir waren gern gesehene Gäste,
schmückten jede Festtafel.

„Du bist wie immer die Schönste von allen",
murmelte mein Begleiter, stolz wie ein Gockel und
drückte meine Hand.
Ja wir waren ein schönes Paar, erregten Aufsehen
wo immer wir uns zeigten. Doch das Leben
bestand nicht nur aus Festen, der Alltag
überwiegte.

„Ich kann dir nicht die gewünschte Ehefrau sein, denn ich bin noch immer, nachdem Gesetz mit ihm verbunden", gestand ich Wolfgang eines Tages.
„Bah, - mit einem Geist aus einer anderen Welt, der dich verschmäht, ich habe diese ungültige Ehe längst annullieren lassen, du kannst dich reinen Gewissens, als meine rechtmäßige Gattin betrachten", konterte er, und nahm mir somit den Wind aus den Segeln, im guten Glauben, ich würde mich abfinden.
Doch es brodelte in mir, ich würde niemals aufgeben!

Im nächstem Frühjahr, würde ich einen Versuch in die alte Zeit starten. Ich liebte ihn noch immer und meine Liebe würde nie vergehen.
Doch ein Gedanke quälte und beschäftigte mich täglich aufs Neue. Warum kämpft er nicht um mich, ist er doch niemals in seinem Leben untreu gewesen.
Vielmehr war ich es, die aus welchen Gründen auch immer, abtrünnig war, dennoch war er es, der stets den Ton angab und auch im tiefsten Sumpf des Lebens, keine Unterwürfigkeit zeigte.
So war er doch immer der Fels in der Brandung, mein Hort und mein Heil, Erfüllung meines Seins.
Wie konnte er sich dort unter diesen Umständen

zurechtfinden und zufriedengeben in einer so frühen Zeit?

Besaß sie mehr Ausstrahlung als ich? Ich hatte nie herausfinden können, welche Zeit es wirklich war, in der mein Günter sich aufhielt und offensichtlich seinen Lebenssinn gefunden hatte.

War es das Jahr 13 nach unserer Zeitrechnung, nach Christi - Geburt oder aber 13 - vielleicht auch 30 Jahre vorher, ja womöglich 300 hundert, oder gar 3000 vor ?...

Die Zahl 3 - geisterte in meinem Kopf, denn es war ja das 13. Jahrhundert, in das zu gehen ich beabsichtigt hatte.

Nein unmöglich, aber warum nicht, denn dort war eine künstliche Welt aufgebaut, von einem Phantasten geschaffen für, - nun, gewiss nicht für die Ewigkeit!

Oh mein Gott, welch eine unvorstellbar frühe Zeit, in die, hinein zu tauchen, uns die Gabe gegeben war.

Ein überwältigendes Gefühl der Ehrfurcht ließ mich erschauern.

Sollte es wahrhaftig, vor unserem Gottessohn sein, so war es eine Zeit, in der man vom Christentum noch nichts wusste und mit Sicherheit noch andere Götter anbetete.

Die Göttin des Lichts, des Frühlings, der Macht,

den Gott des Todes und die Göttin der Erde, der Fruchtbarkeit.

Wie aber konnte sie diese Göttin verkörpern und als Jene verehrt werden, wenn sie niemals einem Kind das Leben geschenkt hatte? Überlegte ich weiter, denn ich wusste von Wolfgang, dass sie ruhelos die Männer wechselte, sich nahm wonach ihr gelüstete, ohne jemals schwanger gewesen zu sein.

Welche Macht besitzt sie wirklich, sie die meinen Gatten derart verblendet und ihm den Verstand geraubt hatte?

Jonny ging mir geflissentlich aus dem Weg und zeigte mir offen seinen Unmut.

War er mir nicht gefolgt, damals, als ich durch einen Fehler des Zeitenlenkeres, irrtümlich in die falsche Zeit befördert wurde und sie unwissend, staunend betrat.

Dort habe ich sie und gleichsam mich gesehen, jedoch es war kein Spiegelbild von mir, denn ihre Augen – blitzten böse, voller Hass auf mich hinauf.

Hier endet meine Erinnerung.

Jonny wusste etwas Schreckliches, worüber er bisher geschwiegen hatte.

Es drängte mich, ihn aufzusuchen, ich musste alles wissen was damals geschah.

Ich fand ihn emsig hacken auf dem Kartoffelacker und sprach ihn wissbegierig an.

„Ihr wollt doch nicht etwa wieder diese verfluchte Zeit betreten, wie könnt ihr so töricht sein, Gräfin", fuhr er mich mit zornbebender Stimme an.

„Aber warum nicht, ist es denn so gefährlich dort?", fragte ich gespielt naiv.

„Ja wisst ihr denn nicht, was damals geschehen ist, da wo der Herr vermisst ist, ich weis alles wovon ihr keinen blassen Schimmer habt!" polterte er los.

„So so, du weist alles und lässt mich im Unklaren und dennoch verurteilst du mich, als hätte ich eine Schuld auf mich geladen, du Treuloser!"

„Mein Mund ist versiegelt, ich kann euch nur raten, diesen Ort der Sünde zu meiden, fragt euren neuen Gatten, er weis mehr, als er zugeben mag".

Aufgestachelt von den mysteriösen Worten, stellte ich Wolfgang noch am gleichen Abend zur Rede.

Ich wartete geduldig, bis er es sich mit einem belebenden Drink auf der Couch, bequem gemacht hatte und begann zunächst eine belanglose Plauderei.

Es war nicht so das er mir gleichgültig war, ich freute mich täglich, wenn er nach dem aufreibenden Dienst, nach getaner Arbeit das Haus betrat.

Doch die unbändige Freude, das wilde Herzklopfen, wenn ich seine Schritte auf dem Kiesweg vor dem Küchenfenster sich nähern hörte, blieb aus, der Wohlfühleffekt, des wahnsinnigen Glücksgefühls wie ich es bei Günters Heimkehr empfunden, stellte sich nie ein.

Die Bedingungslose Hingabe und das selbstverständliche Vertrauen, existierte nicht.

Dennoch versuchte ich, aus unserer Gemeinschaft, das Beste zu machen.

So begann ich zaghaft, ein unverfängliches Gespräch einzufädeln, um nicht das große Schweigen aufkommen zu lassen.

Ich erkundigte mich mitfühlend nach seinem nervenaufreibenden Dienst an den Kranken und Gebrechlichen, der ihn täglich aufs Neue aufrieb.

Wusste ich doch, dass er sich an meinem Interesse für seine Arbeit freute.

Ich lenkte das Thema bald in andere Bahnen, um zu erfahren, wonach es mich verlangte.

„So erzähl mir doch endlich alles, was mir noch rätselhaft ist, ich weis so wenig von deinem Aufenthalt in der alten Zeit, mein Lieber, nun raus damit, ich kann es ertragen!" drängte ich ihn.

„War ich nicht schwanger damals, als ich unwissend und leichtsinnig in die falsche Zeit geriet, wo ist das Kind geblieben, ist es gestorben?"

„Hm, - tja, - irgendwann muss ich es dir ja sagen", begann er unsicher.

„Du bist damals umgekommen bei dem Eintritt in die Vergangenheit, es ging dir so wie mir einst, wenn du dich erinnerst Liebes, Nun ja und mit dir ist logischerweise auch deine Leibesfrucht gestorben!"

„Was sagst du da, - ich bin gestorben?, aber ich lebe, wie kann das sein?"

„Oh ich habe keine Mühe gescheut, dich in der fernen Zukunft gesucht und wie du siehst, auch gefunden, mir verdankst du, das du nicht mehr alleine dort herum irrst und nun mit mir hier"…

Hier brach er verlegen ab und betrachtete mich versonnen.

„Aber du bist nicht glücklich mit mir, bisweilen denke ich, ich hätte dich dort verwelken lassen sollen", ergänzte er, und ließ seine Worte wirken. Als ich nicht antwortete, erhob er sich nervös und begann unruhig im Raum umher zu gehen.

„Oh je, das wusste ich alles nicht, es ist gut und richtig was du getan hast, so bin ich dir also auf ewig Dank verpflichtet", murmelte ich, um etwas zu sagen.

Doch es waren die falschen Worte, die ich in meiner Verwirrung unüberlegt herausbrachte.

„So siehst du das also, Dank ist es nur was dich bei mir hält, du siehst dich zu Dank verpflichtet, sonst ist da nichts, kein Fünkchen Zuneigung und von Liebe keine Spur?"

„Oh doch, du verstehst mich falsch, gewiss ist es auch Zuneigung, was mich an dich bindet, ein zartes Pflänzchen, das erst keimen und zum Gedeihen erwachsen muss!"

„Gib dir keine Mühe Carla, ich habe längst begriffen, dass es mit uns nie so sein wird, wie ich es mir erhoffte, du liebst ihn noch immer, auch wenn er dich nicht mehr will und schon längst vergessen hat".

„Angesichts der Tatsache, dass er jederzeit zurückkehren kann, zieht er es vor, bei ihr zu bleiben und dich zu meiden", fügte er brutal hinzu.

„Sag so etwas nicht, sprich nicht so harte Worte aus", entgegnete ich, am Rande meiner Beherrschung und brach in Tränen aus, sicher kann er nicht anders, kann sich nicht lösen von ihr!"

„Ja, - verteidige ihn nur, träum weiter, träum von einem Phantom und zeig mir weiter die kalte Schulter".

„Ich weis, dass ich dich nie ganz für mich haben werde so lange er lebt, ebenso wie die anderen die du verhext, unglücklich gemacht und in den Wahnsinn getrieben hast!"

„Wenn man die vielen Kerle, die unzähligen Liebschaften und nicht zu vergessen, deine zahlreichen Ehemänner zusammenzählt!"

„He, - wie viele waren es, neben deinem angeblichen Allerliebsten, meinem Vater, gelingt es dir noch, sie alle mit Namen aufzuzählen, anderen Ende ich selbst stehe".

„Oh ich muss mich glücklich schätzen das ich, das die Gnädigste mich in der Reihe aufgenommen hat und auch mir die Gunst gewährt bei ihr liegen zu dürfen, sie für einen Augenblick zu besitzen, ihre feuchte Hitze genießen darf, ehe sie sich lieblos wieder von mir abwendet, du bist nicht besser als sie!"

„Deine letzte Posse, welche an Boshaftigkeit und Hinterlist kaum zu überbieten war, hast du mir 16

Hundert beschert, auf dem Gut deines wohl vierten oder fünften Gatten, welcher wie alle anderen, natürlich bald nach der Vermählung eines unnatürlichen Todes erlegen ist".

„Ach der ärmste, er ist auf dem Schiff umgekommen, ein Feuer hat sein junges Leben vernichtet", warf ich seufzend ein, doch Wolfgang ließ sich nicht unterbrechen.

„Im Erzgebirge war es", fuhr er fort, „als du mir dein Versprechen gegeben, mich getäuscht und mich in Sicherheit gewiegt hast, damals hast du mich mit dem Vorwand, eine Handmühle zu besorgen, in die nächste Stadt ausgeschickt".

„Meine Abwesenheit hast du gut genutzt, um dich heimlich aus dem Staub zu machen, oh, - ich weis es noch genau!"

„Hast du damals nicht auch mit dem urigen Waldschrat, diesem haarigen Monster, der wie ein Steinzeitmensch anmutete, eine Affäre gepflegt?"

„Ja ich habe alles erfahren damals, die Dienstboten lauschen und beobachten ihre Herrschaft allerorts, sie wissen alles und noch vielmehr, was sie sich so zusammen reimen".

„Was glaubst du wie all die alten Legenden entstanden sind, wo die Jungfrau mit dem Teufel tanzt, bei Mondschein versteht sich, so wie es von dir und dem Waldschrat behauptet wurde, was ist wirklich geschehen?"

„Ach du lieber Gott, du sprichst von dem gutmütigen Hector, wir haben uns verabschiedet im Wald vor seiner Hütte, ich habe geweint, er hat mich getröstet und wie im Tanze in Sicherheit gewiegt, so wie ein Kind".

„Das Feuer leuchtete wohl durch das Fenster aus dem offenen Kamin in die schwarze Nacht".

„Nun, ein Körnchen Wahrheit steckt wohl in allen Legenden, gleichwohl liegt es im Sinne des Betrachters, was daraus erstehen mag, wenn es im Schein des Feuers gewesen sein soll".

„Ach wie gern würde ich ihn noch einmal sehen, er war so scheu zuerst, doch dann, feurig wie ... oh wie wir uns geliebt haben, der Wahnsinn war's", seufzte ich verträumt.

„Du bist nicht besser als sie, ein liederliches Frauenzimmer, durchtrieben und verdorben!" knurrte er verächtlich.

„Es ist nicht zu fassen, wie selbstherrlich du daherredest, glaubst dich unfehlbar, so hast du mich doch aus dem Haus getrieben, mit deiner besitzergreifenden Art, hast mir keine Luft zum Atmen gelassen und den Herren herausgekehrt".

„Du wolltest – Alle - beherrschen, das Haus, den Hof und die Pferdezucht, selbst die Stallmägde waren nicht sicher vor dir!"

„Du hattest dich erstaunlich schnell und gründlich angepasst an die alte Zeit, hast dich sehr verändert, warst wie die meisten Männer dieser Epoche, glaubtest mich bevormunden und im Haus verstecken zu müssen!"

„Ich sah damals keinen anderen Ausweg, als aus deinen Fängen zu entfliehen".

„Vor mir musstest du also entfliehen? war es nicht vielmehr die Furcht vor Repressalien, der Strafe, für dein unsittliches Verhalten, dem Entgehen vor dem wütenden Mob, der dir Angst einflößte, du warst ein verkommendes Luder, fern jeder Moral!"

„Du willst mir Moral predigen?"

„Bah, - was hast du denn mit der gutgläubigen Fabrikantentochter getrieben, letzten Endes hat sie durch dich ihr Leben verloren, das arme Ding, wenigstens hast du die Größe bewiesen, ihr Kind aufzuziehen!"

„Ach ja, die kleine Maria, erst hat sie mich angehimmelt, mich als ihre Mutter gesehen, doch später abgrundtief gehasst und das alles wegen dem Justin, immer wenn er ins Spiel kam, hat er für Unfrieden gesorgt"

„Das mag wohl sein, doch ich habe keine je betrogen oder hintergangen wie du, ich habe einen sauberen Schlussstrich gezogen, als ich es für nötig hielt".

„Ha, du hast sie fortgeworfen wie einen gebrauchten Lumpen, als du sie leid warst!"

„Na und, mein Ziehvater hat sie aufgefangen und ebenfalls seine Freude an ihr gehabt, was musste er ihr ein Kind machen, seines war es doch, bei deren Geburt sie letztendlich verblutet ist, ich habe keinerlei Schuld auf mich geladen, im Gegensatz zu dir!"

„Wie … was sagst du da, was wirfst du mir vor, unsere Liebe war echt und rein", rief ich außer mir.

„Eine verwerfliche Sünde war es, du hättest es verdient auf dem Scheiterhaufen zu verglühen", äußerte er selbstgefällig.

„Genug jetzt, schweig auf der Stelle, du bist gemein und widerwertig", kreischte ich außer mir und ließ meine Hand mit aller Wucht in sein spöttisches Gesicht klatschen.

„Du stellst mich also als eine Hure hin, eine bezahlte Liebesdame", fuhr ich ihn an und landete den zweiten und dritten Schlag.

„Niemals hatte ich einen Liebhaber, all die Ehemänner haben sich mir aufgedrängt mich genötigt, und erpresst, was weist du denn schon von den Umständen, die mich gezwungen haben, von den Qualen, Erniedrigungen und Entbehrungen, die ich erdulden musste, zudem scheinst du nicht bedacht zu haben, dass dies alles

im Laufe von nahezu 240 Jahren geschehen ist!"
Er schüttelte und streckte sich, mit zorntotem
Gesicht packte er meine Handgelenke und hielt sie
schmerzhaft, wie einen Schraubstock.
Seine kalten, höhnischen Blicke bohrten sich in
meine Augen, als er die vernichtenden Worte
ausspie.
„Nun, ich jedenfalls habe dich weder gezwungen
noch erpresst, war es nicht so, dass du nur deinen
eigenen Vorteil in unserer Beziehung gesehen
hast?, bei mir jedenfalls hast du niemals Nähe zu
gelassen, obwohl ich dich geradezu angebettelt
habe!"
„Ach ja,- hast du mir als 60 - Jähriger nicht selbst
untersagt, deiner jüngeren zweiten Ausgabe, dem
kindlichen Wolfgang mit Abstand zu begegnen,
ihm keinerlei Annäherung, Berührung und
Entgegenkommen, noch jegliche Zuneigung zu
gestatten, hast du das alles vergessen?"
„Wie geschickt du dich herausredest, die
Umstände haben sich verändert, nun bin ich dein
Gatte, dem du ein gewisses Maß an Zuneigung und
Respekt zuwenden solltest!"
„Aber das habe ich doch immer getan, was wirfst
du mir noch vor, das ich nicht in heißer Liebe zu dir
erglühe, nun hast du alles zerstört, was zwischen
uns zu gedeihen begann!"

„Deine Hasstriade kann ich nicht vergessen und dir niemals verzeihen, die Worte einmal ausgesprochen, werden immer zwischen uns stehen!"

„Oh nein, sag so etwas nicht, die Worte sind in höchster Erregung und Wut ausgestoßen, kaum dass ich sie gedacht habe, musst du mir verzeihen, verachte mich deswegen nicht, benutze mich als Bettvorleger, trete auf mir herum, beschimpfe und züchtige mich, nur verlass mich nicht!"

Er sank in die Knie und umschlang meine Hüften.

„Ich bin dir auf ewig verfallen, verlass mich nicht immer und immer wieder, wie schon als 4-jährigen Knaben, mein ganzes Leben ist geprägt von dem grausamen Gefühl des Verlassen seins, der bodenlosen Leere, die du bei mir hinterlassen hast".

Seine Stimme begann zu beben, er weinte.

Du lieber Himmel auch das noch, dachte ich, von tiefem Mitleid ergriffen.

„Ich werde nicht gehen ohne dich, du wirst mich stets begleiten", versuchte ich ihn zu besänftigen, doch er schien mich nicht zu hören und fuhr mit seiner Klagetirade fort, alles musste gesagt, musste heraus, was ihn bedrückte, solange schon.

„War ich als kleiner Bub nur von der Hoffnung beseelt, du mögest meine Mutter sein, so hatte sich bereits mit 17-Jahren der Wunsch gewendet, dich als meine Ehefrau immer in meiner Nähe zu haben, ich wünschte mir älter zu sein, dich eines Tages einzuholen, das du mich als Mann sehen und anerkennen solltest, du aber sahst in mir nur immer den Jungen!"

„Selbst als ich schon 30 Jahre war, hast du mich noch gemaßregelt und bisweilen geohrfeigt, wie eben jetzt".

„Aber ich bin kein ungestümer Knabe mehr, ich bin ein gestandener Mann, der seinen Weg gemacht hat", sprudelte er vorwurfsvoll heraus.

„Herrgott, ich bin nicht dein Mündel und schon gar nicht dein Sohn, warum kannst du nicht endlich den Mann in mir sehen, der ich bin!"

Betroffen wand ich mich aus seiner Umklammerung.

„Stehauf Wolfgang, ich kann es nicht länger mitansehen, dein Kniefall beschämt mich, doch was du sagst, ist mir nicht neu, das alles habe ich schon zigmal aus deinem Mund vernommen, schließlich kenne ich dich schon fast dein ganzes Leben, nur ahnte ich nicht, das du dich soweit zurück erinnern kannst".

„Entsinnst du dich womöglich noch an den Tag, als ich dich aus dem Kinderheim geraubt?"

„Mein Gott, wie klein und verängstigt du damals

warst!"

„Damals habe ich mich als deine Mutter ausgeben müssen, damit man dich mit mir gehen ließ, ach Gottchen, wie tapfer du die gruselige Höhle ertragen hast, obgleich du panische Angst vor Rübezahl und diversen Geistern, die du in der Höhle glaubtest, hattest".

„Wie happy du warst, bei mir im Bett schlafen zu dürfen, in der Nacht, bevor ich dich notgedrungen bei deinen Zieheltern und deiner kaltherzigen Großmutter abgeben musste, denn ich hatte keine andere Wahl, obgleich ich schnell merkte, dass deine Großmutter dir nicht gerade in Liebe zugetan war, sie führte ein strenges Regiment".

„Ja ich weis es noch, als wäre es gestern gewesen, du hast meine gestrenge Großmutter gescholten, sie möge mich liebevoller versorgen, oh Mann, das hat mir imponiert und gut getan".

„Später hast du mich selbst zu Bett gebracht, bist bei mir sitzen geblieben und hast mir eine wunderbare Geschichte erzählt, deren Sinn ich nicht ganz verstanden, denn ich habe nur deiner sanften Stimme gelauscht und deine Nähe genossen".

„Nie zuvor war mir dergleichen Aufmerksamkeit zuteil gebracht, ich kam mir vor, wie von einem Engel behütet und in den Schlaf gezaubert".

„Doch als ich am nächsten Morgen wiedererwachte, warst du fort wie ein flüchtiger Traum".

„Ja damals glaubte ich wahrhaftig, du wärst meine Mutter, aber du bist so schnell wieder aus meinem Leben verschwunden, hast mich noch am gleichen Abend wieder verlassen, immer hast du mich verlassen, hast immer nur ein kurzes Gastspiel gegeben, auch all die Jahre danach, bis ich endlich in euer Haus kommen durfte".

„Da erst fing für mich das Leben an. ich konnte jeden Tag bei dir sein, doch du warst ja die Frau meines Vaters und hast mich schnell gelehrt, nur das dritte Rad am Wagen zu sein, hast meine übersprudelnden Gefühle abgewiesen und keine Nähe zugelassen!"

„Ach Wölfchen, du selbst hast mich doch genötigt, dem jungen Wolfgang aus dem Weg zu gehen, am besten er würde mich nie sehen, hast du gesagt!"

„Ja - wie dumm von mir, das hat mein ganzes Leben geprägt und zu einem nicht wieder gutzumachenden Trauma geführt".

„So lass uns, dass alles jetzt vergessen, ich bin bereit, mit dir neu zu beginnen, wozu uns das Leben unnötig schwermachen und versauern".

„Nur einmal möchte ich deinen Vater noch sehen, um mit ihm abschließen zu können".

„Du erwartest unmögliches von mir, wie soll ich das tolerieren, doch ich werde alles tun, was du von mir verlangst, obgleich ich es nicht gutheiße".

„Nun sag mir ehrlich, hast du in mir niemals den Mann gesehen, all die vielen Jahre?"

„Doch doch, zum ersten Mal war ich beflügelt von deinem Anblick, als du nach Jahren plötzlich vor mir standst".

„Du meinst, als ich aus dem Krieg heimkam, damals habe ich es in deinen Augen aufblitzen sehen!"

„Ja damals war es, du warst schmutzig, verwegen aussehend, aufregend männlich, muskelbepackt mit Bart und wüstem Haar, ein ganzer Kerl, also damals hätte ich schwach werden können, wenn da nicht"...

„Ich war sehr beeindruckt von dir, du warst so unheimlich maskulin, als schmaler Jüngling bist du in den Krieg gezogen und als Mann zurückgekehrt, breit wie ein Schrank".

„Ich war so erleichtert, dich lebend und unversehrt wieder zu haben. Du hast mich spontan gepackt, hochgehoben und durch die Luft gewirbelt, ich wusste nicht wie mir geschah".

„Ja dein Erscheinen hat mich sehr aufgewühlt und verwirrt, wenn da nicht dein Vater gewesen wäre, ich glaube dann"...

„Bah, - mein Vater, immer war er es, der zwischen uns stand, selbst jetzt noch, da er kaum mehr, als ein Geist aus vergangener Zeit ist!" ereiferte er sich ärgerlich.

„Ach Unsinn, vielleicht hat alles so kommen sollen und du bist der einzig Richtige für mich, nur habe ich es die ganze Zeit nicht gewusst", säuselte ich schmunzelnd und griff versonnen nach seiner Hand.

Er musterte mich, nachdenklich den Kopf schüttelnd, dann breitete sich ein zuversichtliches Grinsen in seinem Gesicht aus.

„Du meinst, es kann noch etwas Großes werden, zwischen uns?"

Kapitel 13:   Die künstliche Welt

Notgedrungen fügte sich Günter wieder in die alte Zeit. Ich hätte bleiben sollen...
Wie konnte ich mein Haus und mein Weib so einfach kampflos, einem anderen überlassen.
Ich muss den Verstand verloren haben, wie kann der Junge mir das antun, dachte er, in Selbstmitleid versunken.
Was bleibt mir noch, nachdem ich die Gewissheit habe, alles ist nur ein Trug.
Doch hat der Junge im Gegensatz zu mir, nicht ehrenhaft gehandelt? Meine Schuld allein ist es, dass ich mich nun in dieser desolaten Situation befinde.
Angesichts der Tragödie in die sich sein Leben gewandelt hatte, sah er seine Geliebte, als den eigentlichen Urheber seiner Ausweglosigkeit und verspürte, zum ersten Mal so etwas wie Hassgefühle für sie.
Die Luft war raus, das, was er für Liebe hielt, war nur körperliches Verlangen. Wie naiv und berauscht war ich, wenn jeder Tag dem anderen gleicht, es keine Höhen und Tiefen mehr gibt, kein Licht am Ende des Tunnels, dann bleibt mir nur

noch der Strick oder zu gehen!
Wenn nur diese unerträgliche Sehnsucht nach
meiner einzigen Liebsten nicht mein Hirn
zermartern würde, mein Magen krampft sich
zusammen, bei dem Gedanken, dass sie für mich
verloren sein sollte.

Was ist das für ein scheißlangweiliges Leben, ohne
Sinn, das ich selbst gewählt habe, wie konnte ich
nur?...
Nach wie vor tränkte er die Blumen und Kräuter
vor seinem Häuschen mit dem Liebestrank,
welcher ihn in einem steten Rausch und
Benommenheit halten sollte.
Doch er versäumte nicht, auch den gefräßigen
Ziegen einen angemessenen Anteil von dem
süffigen Getränk zukommen zu lassen.

Die Ziegen verdösten fortan den Tag vor dem
Eingang seiner Bleibe lümmelnd, und behinderten
ihm den Zugang zu seinem Heim, sodass er ständig
über sie hinweg steigen musste.
Ein lästiges Übel, doch er nahm es achselzuckend
in Kauf, solange sie ihm seine tägliche Ration an
Milch und würzigen Käse spendeten.
Die Benommenheit war einer Resignation, der
Rausch einem devoten Gefühl der Abhängigkeit
gewichen.
Mit der einbrechenden Winterkälte, sah er sich
gezwungen, sein liebgewordenes Reich, seine
Sommerresidenz, wie er es bei sich nannte,
aufzugeben und zu ihr in das große, aber düstere
Steinhaus zu übersiedeln, was ihm wenig
verlockend erschien, denn somit würde er den
letzten Rest seiner Freiheit aufgeben und
unterordnen.

Noch zögerte er, den letzten Schritt zu tun.

Er trotzte den ersten Nachtfrösten, den Stürmen, die durch alle Ritzen seiner Behausung fegten, ertrug die ersten Schneeflocken, die durch die offenen Fenster schwebten, nahm die klamme Feuchtigkeit seines erbärmlichen Lagers, ergeben hin. Sollte er jetzt gehen, fort von hier und als Gast in seinem eigenen Haus leben? Wie sollte er es ertragen, seine Liebste täglich zu sehen und sie nicht in seine Arme schließen zu dürfen, denn das hatte er sich selbst verbaut. In fieberhafter Eile versuchte er, sich einen primitiven Ofen zu bauen. Er scheuchte die Sklaven, ihm das notwendige Rohmaterial zu beschaffen.

Er hämmerte, sägte und nagelte sich seine Winterunterkunft zusammen, klemmte Holzbalken und Eisenverstrebungen ineinander um sein Sommerhaus behaglich und winterfest zu gestalten. Die Besuche seiner Gespielin wurden seltener, sie gab vor, zu frieren, fühlte sich nicht mehr wohl in seiner Hütte.

Was hatte er nicht schon alles geschaffen, allein ohne fremde Hilfe. Er hatte ein behagliches Nest

gebaut, für sie, damals, als er sie noch gar nicht kannte.
Er hatte Stromkabel und Wasserleitungen gelegt, als es noch längst keinen Strom gab.
Ihr ungläubiges Staunen, aufrichtige Anerkennung und das leuchten in ihren Augen, hatten ihn reichlich für seine Mühe belohnt.
Doch nun lohnte die Mühe sich nicht, wer sollte sich mit ihm darüber freuen.
„Warum kommst du nicht endlich in mein Haus und lebst stattdessen wie ein Einsiedler in dieser zügigen Bude".
„Ja später", entgegnete er zerstreut und wusste doch, das er niemals diesen letzten Schritt gehen würde.
Er sollte in die Zukunft reisen um sich Isoliermaterial zu beschaffen. Das aber wäre ein Eingeständnis seiner Feigheit.
Nein, er würde noch weiter in die Zukunft gehen, etwa in das Jahr 2050, dort würde er nach ihr suchen, denn in dieser Zeit hatten sie schon oft gemeinsame Ferien verbracht.
Wenn das Schicksal es gut mit ihm meinte, würde er sie dort finden.
Den Gedanken, in seine Villa am Berge zurückzukehren, in welcher er den beneideten Sohn und seine Liebste wusste, verwarf er.

Er fürchtete ihre kühle Abweisung mehr, als seine Sehnsucht und Einsamkeit. Was brächte es ihm, um sie zu kämpfen, denn am allermeisten graute ihm vor der Schmach, abgewiesen zu werden und ihren angebrachten Zynismus.

Die Enttäuschung die ihn erwartete, wäre zu groß und würde ihn umhauen, krank oder gar zum Säufer machen.

Alle werden über ihn lachen und hinter seinem Rücken seiner spotten. Selbst die Verwandten auf dem Schloss, würden nur mitleidig lächeln über den Mann, der sich die Frau vom eigenen Sohn ausspannen ließ.

Nein, ihr Mitleid brauchte und wollte er nicht.

Unser werter Herr Doktor und noch dazu ein hoher Graf, ist nicht Mannsgenug seine Gattin zuhalten! Würden die Dorfbewohner, seine ehemaligen Patienten hämisch lästern.

Er würde gänzlich sein Gesicht, die Hochachtung und seine Würde vor dem gemeinen Volk verlieren, doch am schlimmsten würde es ihn treffen, von ihr abgewiesen zu werden.

Die herablassende Geringschätzigkeit, die ihm allseits begegnen würde, lähmte ihn und ließ ihn zu keinem Entschluss gelangen.

Schlaflose Nächte und die Einsamkeit in einer fremden Zeit, zermürbten ihn, ließen ihn hart und verbittert werden.

Er hatte sein Leben verpfuscht, weggeworfen an einen Traum, der sich allmählich in Luft auflöste.

Er versank in Depressionen, erdrückt von der Ausweglosigkeit seiner Lage.

Morgen werde ich ... oder übermorgen, doch was sollte er tun?

So tat er nichts anderes, als zu warten, auf den Frühling, den Sommer, auf ein Wunder das ihn erlöste. Ja bald würde er gehen, sie suchen in den endlosen Wirren der Zeit.

Er vermisste sie so unsäglich, ein Leben ohne sie war so sinnlos

Die Zeit kroch träge dahin.

Die Sklaven, die ihn mit Brennholz versorgten, waren die einzige Abwechslung in seinem trüben Dasein.

Er hatte seine Einsamkeit selbstgewählt, nur 300 Meter, doch so unglaubliche viele Jahre trennten sie von ihm. Kürzer war der Weg zu seiner Geliebten, doch anstatt sie aufzusuchen in ihrem festen Haus, zog er es vor, lange Spaziergänge zu unternehmen.

Na ja, gelegentlich verlangte es ihn nach einer wollüstigen Umarmung, eine notwendige Verrichtung seiner Bedürfnisse, wie er es insgeheim nannte.

Doch es hielt ihn nie lange in ihrem Reich, von unzähligen Dienern belauert. Unerbittlich beharrte sie auf seine Umsiedlung.

Trotzig hatte sie ihm ein Ultimatum gestellt, welches ihn unter Druck setzte.

Gedankenversunken, stapfte er durch den Schnee, er mied die Siedlung und tauchte in den endlosen Wald.

Oh mein Gott, wie ich sie überhabe, das leere hirnlose Geschwafel, das übertriebene, aufreizende klimpern mit schwarz getuschten Wimpern, die wallenden langen Haare, immer gleich, sowie die ewige Nacktheit, die er nach dem Akt gesättigt, als aufdringlich und anstößig empfindet.

Sie spürt nicht, dass es oft reizvoller wäre, einen Teil der Reize zu verhüllen und sich somit begehrenswerter und verführerischer erscheinen zu lassen.

Sie gibt zu viel preis, nichts Rätselhaftes, Unergründliches ist mehr an ihr, das zu ergründen ihn noch reizen könnte.

Ihre natürliche Schönheit verpanscht sie mit zu viel

Schminke, einer billigen Straßenhure gleich.
Ihr Wesen ist wie das eines verzogenen Kindes,
egoistisch, durchtrieben, mit einem Hang zur
Grausamkeit, ein sadistisches Kind, das seine
Haustiere quält.
Hat sie nicht ihren Erschaffer, ihren Ziehvater, der
gleichermaßen ihr Lehrmeister, Liebhaber und
Zuchtbulle in einem war, heimtückisch ermorden
lassen, als er ihrer Leid war und sie eines Tages
nicht mehr ertragen konnte?
Sein Werk, das so perfekt gelungen und dennoch
so viel zu wünschen übrigließ, glich doch mehr
einem gefall und sexsüchtigem Monster, nichtig
und hohl, denn einem sensiblen, empfindsamen
Partner, einer aufblasbaren Puppe gleich, praktisch
aber seelenlos.
Dennoch vermittelte sie ihm kurzzeitig das Gefühl
einer Verbundenheit.

Noch bedeckte ein wüster Urwald das weite Land,
in dem sich bald etliche kleine Ortschaften mit
liebevoll errichteten Kirchen erheben würden,
doch eine Kirche hatte er bisher nicht gesehen.
Noch immer war es ungewiss, ob er sich, vor oder
nach Christi Geburt befand.
Unser Herrgott jedenfalls schien hier unbekannt,
doch ein jeder hatte vermutlich seine Götter, die

er heimlich anbetete, was jedoch bei Todesstrafe verboten war, aber tief im Kopf verborgen, lebendig gehalten.

Eine neue Göttin hatte sich über sie erhoben, die keine anderen Götter neben sich duldete, doch es erging ihnen schlecht unter ihrer Führung. Sie alle lebten seither in Knechtschaft, besaßen nichts mehr, als ihr armseliges Leben. Selbst ihre Töchter waren ihnen gewaltsam genommen. Die Alten unter ihnen beklagten, niemals Enkel auf dem Schoss schaukeln zu können. Die heiratsfähigen Söhne entbehrten Gefährtinnen zur Familiengründung. Eine Welt ohne Kinder, ohne Zukunft, zum Aussterben verurteilt! Glaubte sie ernsthaft als Göttin auserkoren zu sein? Aber über welches Volk wollte sie herrschen, wenn es bald nur noch aus Greisen bestand? Seine Stiefel knirschten durch den jungfräulichen Schnee, in dem er die ersten Spuren hinterließ. Er wäre gern noch länger marschiert, doch es dämmerte bereits, er musste umkehren, um sich nicht in der Dunkelheit zu verirren, denn es gab keine Wege. Die abergläubigen Siedler mieden ängstlich die Tiefe des Waldes, fürchteten Geister und Dämonen, in ihrem Irrglauben verblendet und

unwissend in ihrer Zeit voller Mythen und
Zaubereien gefangen.

Ein Rascheln im Unterholz, ließ ihn aufsehen.
Er erblickte ein großes Tier, einer Riesenkatze
gleich.
Es trottete ihm mutig entgegen. Erschrocken hob
er sein Gewehr und schoss in die Luft.
Im nächsten Moment war das Untier
verschwunden.
Mehr als einmal, wurden mutige Einzelgänger, die
sich zu weit vorgewagt hatten, von wilden Tieren
zerfleischt - wurde im Lager gemunkelt, was ihm
nur ein müdes Lächeln entlockt hatte – bis heute.
Wieder einmal mehr, wurde ihm bewusst, dass er

hier keinen Fuß fassen konnte, zu sehr unterschied er sich von den Eingeborenen, denn für ihn waren es nur Fabelwesen, oder sollte er sich auch noch als Prediger und Mythenjäger verdingen.

Auf dem Rückweg winkte er dem Turmwächter, auf seiner hohen Warte grüßend zu, der einsam wie er selber, seinen langweiligen Dienst versah, nur mit dem Unterschied, das auf ihn keine sinnvolle Beschäftigung wartete, keiner wartete auf ihn.

Keine heiße Dusche, kein Fernseher würde ihn zerstreuen und belebend seine trüben Gedanken umlenken.

Keine interessante Frau, die seiner würdig, würde ihm den langen Abend mit einer tiefsinnigen Unterhaltung und raffinierter Koketterie versüßen.

Er verhielt seinen Schritt und wendete sich ein letztes Mal zu dem Wehrturm um, der einsam am Dorfausgang in die Höhe ragte.

Er sollte sich die Stelle genau einprägen, es müssten doch in der fernen Zukunft noch Überreste, solch eines imposanten Turmbaues zu finden sein.

Auch wollte er nach dem Steinhaus seiner Geliebten Ausschau halten, wenn er wieder in seine Zeit eintauchte, doch diese Zeit ist dann schon zu lange vergangen, alles ist bis dahin

vergangen und vom Winde verweht.
Nur seine Erinnerungen würden bleiben, an einen
Traum der so schön begann und in tiefster
Verzweiflung und Sinnlosigkeit endete.

Durch untrügliche Zeichen, hatte er bald
festgestellt, sich in der Blüte der Bronzezeit zu
befinden.
Eisenerze waren noch nicht begehrt, sie ruhten
noch weltweit unbeachtet im Fels und Erdengrund.

Es war gewiss nicht einfach, zunächst bedurfte es
einer ausgiebigen Nachforschung und lange
gefährliche Märsche in die nächste Siedlung,
welche er nur im Schutze der Dunkelheit wagen
konnte.
Denn das eigene Camp gab nicht viel preis, war es
doch nur eine trügerische Scheinwelt, künstlich
geschaffen wie das ominöse Steinhaus, das
zwischen den strohbedeckten Hütten völlig fehl am
Platze wirkte.
Das Wissen von Christi Geburt, die so unvorstellbar
lange noch bevorstand, ließ ihn zu einem
ehrfürchtigen Schauer erbeben.

Kapitel 15: Erinnerungen

Auch ich war in einer Agonie alter Zeiten gefangen und überdachte wehmütig unser gemeinsames Leben zu viert.
Ich entsann mich des jungen Wolfgangs in seiner Jugendzeit. So war er doch stets zuverlässig und strebsam, ein ernsthafter junger Mann, bisweilen entpuppte er sich gar als Spaßbremse, neben dem stets auf Unsinn aufgelegten Justin.
Zwei Streithähne, die unterschiedlicher nicht sein konnten. Dennoch lebten sie viele Jahre zusammen in einer Wohngemeinschaft, doch waren sie gewiss nie in Freundschaft verbunden.
„Ach ja, diese beiden ewigen Rivalen", seufzte ich in mich hinein kichernd, denn mir tanzten allerlei skurrile Dinge im Kopf herum, an denen ich, wenn auch unter Justins Einfluss, nicht unschuldig war.
Nie hätte ich mir damals vorstellen können, mit Justin eine Affäre zu beginnen, selbst wenn er mir Himbeereis zum Frühstück und den Himmel auf Erden versprach.
Und dennoch war es geschehen.
Denn wir hatten dem gutgläubigen Wolfgang übel mitgespielt, doch wir sollten es bitter bereuen, die Strafe folgte auf dem Fuße und war grausam.

Doch das Leben geht einfach weiter, ungedenk der Katastrophen die über uns hinein brachen, lenkt es uns auf andere Irrwege.

Einmal einen falschen Schritt getan, ist es kaum noch möglich das Gleichgewicht wieder zu erlangen. Eine endlose Odyssee begann und hielt mich in ihren Klauen.

Unglaublich was diese leichtsinnige Verwirrung nach sich zog, mich die tiefsten Abgründe durchleben ließ und mich an den Rand des Wahnsinns trieb.

Doch anstatt geläutert aus dieser grausamen Prüfung hervorzugehen, trete ich offenen Auges in den nächsten Abgrund, verheddere mich immer tiefer im Strudel der Zeiten.

Es war soweit. Entschlossen machte ich mich, begleitet von Wolfgang, auf den Weg in die ungewisse Zeit.

Wolfgang wurde es nicht müde, mich immer wieder mahnend auf die Risiken meines törichten Handelns hinzuweisen.

Ich bin mir der Gefahr bewusst und werde mit Bedacht den ersten Schritt in die alte Zeit treten.

„Du wirst mich schon beschützen und erretten bei Gefahr mein Held", sagte ich leichthin, doch in Wahrheit bibberten mir die Knie.

Ein dumpfes Unbehagen beschlich mich.

„Was auch geschehen mag mit uns, man kann ja nicht wissen, so will ich vorher noch sagen, was zu sagen mir auf der Seele brennt".

„Ich danke dir für die Überdosis Glück, das ich in den letzten Monaten durch dich erfahren durfte", raunte er, mit heiserer Stimme und hielt mich zum kurzen Verweilen fest im Arm.

„Was redest du für einen Unsinn, unser Glück wird ewig dauern und nie enden", murmelte ich beeindruckt und ein wenig verlegen und zog ihn weiter den Hang hinauf, zu der Höhle.

„Noch können wir zurück, wir brauchen den

letzten Schritt nicht gehen, du wirst es bitter bereuen!", mahnte er mich ein letztes Mal, als wir die Höhle betraten.

„Ja, - schon möglich, aber wir ziehen das jetzt durch", beharrte ich.

Gleich werde ich ihn sehen, meinen Liebsten, ich vermisse ihn so unsäglich, vielleicht ist noch nicht alles verloren, wenn er mich sieht und ...

Aber wollte ich ihn denn noch? Zweifelte ich plötzlich, denn ich spürte kein Herzklopfen, nur eine verwirrende Erregung.

Doch wenn ich es recht bedenke, ist meine brennende Liebe verpufft, nur die unstillbare Sehnsucht nach etwas Verlorenem aber würde bleiben, immerdar.

Die Sonne wird nie wieder aufgehen für uns beide zusammen, es ist längst zu spät für eine Versöhnung zwischen uns, mein Herz ist leer.

Aber was suchte ich dann noch hier?

Nun, - ich brauchte die letzte Gewissheit, um endgültig mit ihm abschließen zu können, offen für ein neues Leben ohne ihn.

„Robby, bring uns in die alte Zeit, du weist schon wohin, mein Freund", befahl ich, dem Zeitenlenker.

Es brummte und surrte, dauerte ungewöhnlich

lange, bis das Tor sich für uns öffnete.

„Siehst du, ich lebe noch immer", scherzte ich, als wir die alte Zeit betraten und uns beherzt an den Abstieg machten, einen zaghaften Schritt nach dem anderen.

Mit banger Unruhe trat ich aus dem Dickicht des schützenden Waldes, als ich sie erblickte.

Bei Gott das ist sie, mein Ebenbild. Wir könnten Zwillinge sein, bestenfalls gute Freundinnen, ich wäre bereit sie zu mögen.

Doch wie sie auftritt, mit wilder zottiger Mähne, wie ein Vamp, trägt man hier noch keine Textilien? Niemals würde ich mich so zeigen!

Aber wie sie mich anstarrt, böse und hassverzehrt, das schöne Gesicht, als wollte sie mich …

„Carla hab acht, pass auf, sie ist nicht wie du, sie ist ein Monster", hörte ich Wolfgang, neben mir zischen, während er schützend seinen Arm um mich legte.

Doch ich vernahm noch eine andere Stimme, eine Frauenstimme, meine eigene Stimme, obwohl ich nicht sprach, eher waren es nur Gedanken, aber was waren das nur für wahnwitzige Gedanken, niemals würden solche Dinge in meinem Hirn spuken.

Sollte ich ihre Gedanken lesen können, ist sie wahrhaftig ein Teil von mir?

Die böse, untergründige, verborgene Seite?
Die jedem Wesen innewohnt?
So ist sie äußerst gefährlich, ich muss auf der Hut
sein!

„Sie lebt noch", stammelte sie, fassungslos.
Meine Todfeindin, meine einzige Rivalin, sie muss
vernichtet werden, darf nicht bestehen neben mir,
hol sie der Teufel.
Wie kann das sein, das sie noch lebt, obwohl ich
selbst sie getötet und anschließend verscharrt
habe!
Ein feiner Einstich am Hals, niemand hat ihn
gesehen, alle glaubten sie wäre bei meinem
Anblick gestorben, vor Schreck, der Schlag hätte
sie getroffen.
Wie lächerlich, gleichwohl darf sie nicht sein neben
mir, ich allein bin die Herrin der Welt!
Dieses Mal wird sie mir nicht entkommen, ich
werde sie durchbohren, durchlöchern wie ein Sieb!

Unterdessen hatte sich der Platz belebt,
merkwürdige Gestalten, bewaffnet bis an die
Zähne, scharten sich um sie.
Eine Armee von Soldaten, mit blanken Schwertern
und Lanzen, die bedrohlich in der Sonne blitzten.
Mir stockte der Atem, darauf war ich nicht gefasst.
„Hagen, reich mir auf der Stelle die Lanze", hörte

ich sie wutentbrannt brüllen, an ihre Schergen gewandt, die sie umgaben und nahm von dem Hauptmann der Truppe die Lanze entgegen.

Mit beiden Händen ergriff sie die Waffe, scheinbar mühelos, hob sie in die Höhe und ließ die schwere Waffe spielerisch durch die Luft sausen, wirbelte sie in Position und peilte gnadenlos ihr Ziel an.

Das alles geschah in Sekundenschnelle. Instinktiv wollte ich fliehen, doch es war zu spät.

Das tödliche Geschoss sauste zischend durch die Luft.

Ich duckte mich blitzschnell und schloss die Augen, dem Tod ergeben, gefasst auf den fürchterlichen Schmerz, vor dem Ende.

Doch der Schmerz blieb aus, die Lanze durchbohrte nicht mich, sondern...

Stattdessen ertönte ein Donnerschlag, ließ die Luft erbeben und hallte hundertfach von den Bergen zurück.

Die Atmosphäre vibrierte, die Welt war untergegangen, die Auflösung ins Nichts.

Eine Minute stockte das Leben im Dornröschenschlaf.

Meine Sinne erwachten, verwirrt wendete ich mich um, hob meinen Blick und sah ihn dort oben stehen.

Jonny war wieder einmal zur rechten Zeit am

rechten Ort. Mit unserem Schnellfeuergewehr, hatte er, bevor es zum äußersten kam, in das Gemetzel eingegriffen und mein Leben gerettet.

Statt meiner, lag nun – Sie -, meine Widersacherin, in einer Blutlache am Boden, von hundert Kugeln zerfetzt, kaum, dass sie noch zu erkennen war.

Welch ein grausamer Anblick.

Doch zu allem Übermaß, bemerkte ich entsetzt, Wolfgang leblos zu meinen Füßen, von der Lanze durchbohrt, welche gespenstisch aus seiner Brust ragte.

Benommen erfasste ich das fürchterliche Geschehen. Erschüttert beugte ich mich über ihn.

Ein Raunen erhob sich, schwoll an zu einem Tosen und nötigte mich, aufzusehen.

Eine Gestalt löste sich aus den erstarrten Umstehenden und stürzte uns, mit vor Entsetzen geweiteten Augen entgegen. Günter, mein Liebster war es.

Doch mein Herz war leer, ich hatte keine Empfindungen, nur Mitleid mit ihm, als er sich erschüttert über den toten Sohn beugte und tierische Laute ausstieß.

„Mein einziger, mein letzter Sohn, Fleisch meines Fleisches, oh wie konnte sie mir das antun, dieses Miststück, diese Ausgeburt der Hölle".

„Fort mit ihr, verscharrt sie auf dem Friedhof der

Namenlosen, wo sie hingehört!", brüllte er, außer sich, vor ohnmächtiger Wut, ein würgendes Schluchzen, ließ seine Stimme erbeben.
Bis er seine Augen erhob und mich erblickte.
„Oh, - du, meine einzige Geliebte, bist mir wiedergegeben", hauchte er, unter Tränen und erhob sich zu mir.
Seine Augen erleuchteten in einem irren Glanz, als er seine Arme nach mir ausstreckte.
„Mein Herz, mein Leben, mein Licht im Dunkeln, oh wie habe ich mich nach dir gesehnt, mein einziger Trost in der Not".
„Spar dir deine sülzigen Worte, es ist zu spät, du hast alles zwischen uns zerstört, jetzt erinnerst du dich wieder an mich, erkennst das es mich auch noch gibt, aber nun will ich dich nicht mehr", murmelte ich, kaum, dass ich die Lippen bewegte.
Ungeachtet meiner abweisenden Worte, fuhr er fort:
„Oh verzeih mir Liebste, dass ich in meiner Verblendung, dich in ihr gesehen habe, ich war nicht bei Sinnen!"
„Ich bereue zutiefst meine Verirrung, alles kann wieder gut werden, lass uns wie früher, unsere Seelen aneinander reiben und Eins werden", flehte er mich an.
„Nein, niemals können wir wieder – Eins - werden,

zu tief hast du mich verletzt, nie mehr kann ich dir solches verzeihen, nicht in diesem Leben", rief ich leidenschaftlich.

„Du hast mich verleumdet und verlassen, glaubst du, ich flattere wie ein Schmetterling von einem Bäumchen zum anderen?"

„Du kannst mich nicht hindern, mit dir zu gehen", rief er mit blitzenden Augen und streckte hilflos die Arme nach mir aus.

„Du wirst mich nicht begleiten, nimmer mehr, magst du hier verrotten für alle Zeit!", entgegnete ich brutal und wandte mich zum Gehen.

Wenn Erinnerungen Stufen wären, könnten wir uns Schritt für Schritt wieder annähern und finden!"

„So lebe denn wohl, mein einstiger Geliebter, so ist das nun unser Ende, schade schade, ich dachte immer, das mit uns wäre für die Ewigkeit, doch die Ewigkeit ist nicht mit uns, ich muss gehen, Jonny wartet auf mich".

„Aber so warte doch Carla, du kannst doch nicht so einfach von mir gehen, der Junge muss doch in Christlichem Boden begraben werden, wir müssen ihn überführen in unsere Zeit".

„Wo ist denn der Jonny, ich habe ihn doch eben noch gesehen?"

Jonny aber war verschwunden.

Günter hastete zu der Stelle, an der er eben noch gestanden, doch er fand nur eine Kiste, gefüllt mit Waffen vor und nahm sie an sich, keiner achtete auf ihn.

Ein jeder verweilte erschreckt vor der leblosen Göttin, aber wie kann eine Göttin sterben? Der Platz füllte sich unterdessen.

Der Wind trieb das aufgeregte Gemurmel der Sklaven und die lauten ungeordneten Zwischenrufe des Befehlshabers der Kampftruppe, in unsere Richtung.

Das ahnungslose, unwissende Volk, musste beruhigt und in Zaum gehalten werden, doch keiner wusste was zu tun ist, ohne Order von Oben.

Denn keiner wusste, wie sie reagieren würden auf den Tod ihrer Göttin, einer Göttin, die ja bekanntlich unsterblich ist und ich am allerwenigsten.

Gespannt verfolgte ich ihre Gefühlserregungen, soweit das in den abgestumpften Gesichtern überhaupt möglich war.

Würden sie vor Trauer erstarren, - Sie - beklagen und verzweifeln, sich die Haare raufen und mit Asche beschmieren, mich als unliebsamen Eindringling, in ihrem Wahn verfluchen und vernichten?

Oder gar frohlocken und Freudentänze aufführen?
Ich sollte es bald erleben.

Doch was nun geschah, übertraf all meine
Erwartungen.

Immer mehr Frauen, Männer und Greise, strömten
aus ihren Behausungen auf den großen Platz und
bestaunten mich ungläubig, in meinem langen,
wehenden beigefarbenen Mantel aus Mikrofasern.

Wie ich so dastand, unsicher lächelnd, hilflos die
Arme hebend, sahen sie das wohl, als Zeichen
meiner Huld.

Eine neue Göttin ist uns gesendet, sie wird uns
erretten aus unserer Not, dem Joch der
Knechtschaft und der Sklaverei befreien! Jubelten
sie, kreisten mich ein, begannen euphorisch zu
tanzen und zu singen.

Was erwarten sie von mir?

Aber wo waren die Kinder, die jungen Mütter und
die stolzen Väter?

Außer ein paar Knaben und alten Frauen, konnte
ich keine Mädchen unter ihnen entdecken.

Es wurde eng, der Kreis schloss sich um mich, jeder
wollte mich, die neue Göttin berühren.

Oh je, was geschieht hier mit mir, ich habe es
herausgefordert und nicht auf Wolfgangs
warnende Worte gehört, ich bin verloren, wer soll
mich jetzt noch in der Zukunft ausfindig machen,

falls ich dort noch irgendwo, ziellos herumirre, wenn sie mich hier nicht mehr gehen lassen?
Ich aber wollte gehen, fort aus diesem skurrilen Durcheinander von Irren, wollte leben, frei und in meiner Zeit.
Alles würde ich jetzt dafür geben, in meinen eigenen geliebten, vier Wänden, mich in einem heißen Duftbad zu aalen und später mit einem Glas Wein, bei einem guten Krimi im Fernseher, entspannen, um diesen ganzen Wahnwitz verkraften zu können, und am nächsten Morgen, wie aus einem bösen Traum erwachen.
Doch das war kein Traum, ich war mitten unter ihnen.
Angebetet und verehrt von einem unterdrückten kleinen Volk in einem wüsten, verwunschenen Reich, das hoffnungsvoll zu mir aufblickte.
Aber ich lebe noch, - Ich bin -
Ich bin unsterblich - nicht - Sie!
„Ich, - bin die wahre Herrin der Welt!"
Triumphierte ich, reckte die Arme gen Himmel und sendete mein schönstes Lächeln in die Runde.
Ein Jubelschrei von hundert Stimmen schwoll an und erfüllte Raum und Zeit.

Fortsetzung der Trilogie

Fortsetzung unter:

www.meine-buch-ideen.de